中国少数民族诗选

主　编　赵卫峰

副主编　张媛媛　覃才

执行主编　王近松

孔學堂書局

学术指导　西南大学中国新诗研究所
　　　　　贵州省文艺评论家协会

图书在版编目（CIP）数据

中国少数民族诗选 / 赵卫峰主编 . -- 贵阳 : 孔学堂书局 , 2025. 7. -- ISBN 978-7-80770-721-9

Ⅰ . I227

中国国家版本馆 CIP 数据核字第 2025P9X073 号

中国少数民族诗选

ZHONGGUO SHAOSHU MINZU SHIXUAN

赵卫峰　主编

张媛媛　覃才　副主编

王近松　执行主编

责任编辑：黄文华　张基强

书籍设计：万及設計

责任印制：张　莹

出版发行：贵州日报当代融媒体集团
　　　　　孔学堂书局

地　址：贵阳市乌当区大坡路26号

印　刷：北京世纪恒宇印刷有限公司

开　本：889mm×1194mm　1/32

字　数：195千字

印　张：8.375

版　次：2025年7月第1版

印　次：2025年7月第1次

书　号：ISBN 978-7-80770-721-9

定　价：64.00元

目录

风土｜默读与行吟

00后 | 陌生与透明

痕迹｜沉默与宁静

栖居 | 近处与远方

情境｜须臾与永恒

常情｜隐喻与温暖

评论

| 风土 |

默读与行吟

2008 年，新疆维吾尔木卡姆艺术被列入联合国教科文组织"人类非物质文化遗产"名录。木卡姆是流传于中国新疆各维吾尔族聚居区的各种木卡姆的总称，是集歌、舞、乐于一体的大型综合艺术形式。

2008 年，蒙古族长调民歌被列入联合国教科文组织"人类非物质文化遗产"名录。长调是一种与盛大庆典、节日仪式有关的表达方式，婚礼、乔迁新居、婴儿降生、马驹标记、"那达慕"大会等活动上，都能听到长调的演唱。

2008 年，蒙古族长调民歌被列入联合国教科文组织"人类非物质文化遗产"名录。长调是一种与盛大庆典、节日仪式有关的表达方式，婚礼、乔迁新居、婴儿降生、马驹标记、"那达慕"大会等活动上，都能听到长调的演唱。

马占祥

回族，1974年生于宁夏同心。中国作协会员，宁夏作协副主席。著有
诗集多部，诗集《西北辞》入选2018《少数民族文学之星丛书》。曾
参加诗刊社"青春诗会"，曾获《朔方》文学奖、全国少数民族文学
创作骏马奖等。现居银川。

河水向北流

河水向北流，没有回头
一条河，提着自己的浪花
奔赴北方。它的二月明亮
而晶莹。它的天空，还在汹涌
浩浩荡荡，北方的石头在山坡上
流淌。河岸，一株苦籽蔓拉开了
北风的一角。这时
我将北风称为刮动，或者弥漫
河水里埋着火焰。薄薄的水
没有言辞。有本古书
记着河流原来的样子，唯有月光
照到小县城时放慢了脚步

鲁娟

女，彝族，1982 年生。中国作协会员。出版诗集《五月的蓝》《好时光》《鲁娟的诗》《欢喜》，作品入选多种选本并有译介。曾获全国少数民族文学创作骏马奖、四川少数民族文学创作优秀作品奖、四川文学奖特别奖、中国青年诗人奖等，获评"四川省十大青年诗人"，参加诗刊社"青春诗会"。现居成都。

汲水

傍晚时分，穿过树林去汲水
他从井中看见了先祖

他们有着同样卷曲的头发
星星的眼睛

他并不惊讶，和他们交谈
仿佛他们从未离开过

最后一缕光收走之前
他返回，分散的元气重聚体内

冯娜

女，白族，1985 年生，云南丽江人。著有诗文集十余部；作品被译成英、俄、韩等多种文字。参加过诗刊社"青春诗会"，曾为首都师范大学驻校诗人，曾获全国少数民族文学创作骏马奖等奖项。现居广州。

赞美

雪山就在眼前
此刻，一种旅人的疲惫轻轻咬噬着我们

身后的世界静止般，收集着时间的细屑
生命的风暴曾如饥饿的角羚
草叶稀疏
要纵身跃过陡峭的岩崖

现在，山坳中撒满了动物的蹄印
大地以新的皮毛使自己荣耀
——过去以为的那些孤零零的树枝和赞美
正在重新成型

不是洁净的风景把我们带到这里
不是皱巴巴的风声　风声中冻得通红的指尖
那在窗户上划出的斜线和直线
扑棱着
向远处伸出了臂膀

张伟锋

佤族，1986 年生，云南临沧人，中国作协会员。作品见于《人民文学》
《诗刊》《民族文学》《青年文学》等报刊，并入选多种文学选本。
著有诗集《空山寂》《山水引》《迁徙之辞》等 6 部。曾获全国少数
民族文学创作骏马奖、中华宝石文学奖、云南文学艺术奖、《北京文学》
年度优秀作品奖等奖项。现居昆明。

暮色中的行吟

江水和月光远去了，翻过我熟悉的山脉
丢下古老而沧桑的村庄。我一个人在暮色中
面对天空的高远
大地的苍茫，沉寂而行。应该有一些人
会来到我的生命，应该会有一些故事
来温暖我，与我纠缠不休。在破旧的佛寺里
那个形单影只的老和尚
闭着双眼，念着只有自己才能听懂的经书
仿佛万事与他无关。此生，山河我爱了，红颜也爱了
在这微薄的尘世，很多该爱的人，我爱了
很多该恨的人，我最终还是宽慰了他们
谁也不要再多说一句话，谁也不要
再对历经世事的人横加阻挠。躺进千年的历史
我只对关乎个人的部分俯身和虔诚，我只想
永恒地孑然一身，万物都不是我存在的证明
我只想，这个无法替代的事件，由我亲手完成

莫独

哈尼族，1965年生，云南绿春人。中国作协会员。出版《守望村庄》《雕刻大地》等10余部作品。曾获全国少数民族文学骏马奖等多种奖项。现居云南蒙自。

燕子

旧巢还在
牛群还在山南，哞声还没转过山来
慌张的，是在家的兄长。母亲
刚说到燕字，就砍倒门前的竹子
编出精巧的小垫子，钉到屋檐下
老巢的一侧

它们比季节，敏感于故人的期待
它们要衔着枯枝，落在浪涛上
稍息，才渡得过
传说中北方的大海

路途迢迢。吉祥太沉，浮水太轻
离开天庭。并不是尘烟的山寨
比天神的田野更美，它们只是急于
要把睡在内心的春天，及时
在人间叫醒

洛迦·白玛

女，藏族，1976 年生，中国作协会员。作品见于《民族文学》《诗选刊》《星星诗刊》等。出版纪实文集《梦为马 爱为鞍》、诗集《雪覆盖的梦园》，曾获四川少数民族文学创作优秀作品奖、《民族文学》年度诗人奖等。现居四川康定。

山之神的眼

神灵遍布。
云的神，风的神，河的神，山的神。
一块石头是镶嵌在山之神额头的眼睛。

万物有灵。
阳光温暖，月色柔软。
一树烈香杜鹃用花瓣酿出香。
一只赭红尾鸲从风声中学会颤音。
一头雪豹与一瓣雪花彼此分享雪的轻盈。
一株柏树用根须击败冻土里的冰。

日升月落。
石头寂寞如海的体内——
长出星光、闪电、花香、鸟鸣，
长出一头幼兽披着期待与不安的第一次跳跃。

里拉

本名金雪松，满族，1985年生，辽宁黑山人，中国作协会员，作品见于《诗刊》《民族文学》《山东文学》《扬子江》等，入选多种选本。曾获李叔同国际诗歌奖新锐奖。现居江苏江阴。

骑马记之二

因为一匹马隐去了四周的事物：
马场栏杆、踏步，观看的人群
你在马鞍上以骑士的姿势
探身向草原的风暴
你想起关于马的诗句
于是一匹马开始与词语重叠
血管青虫在马颈上暴突
抚摸它结实而具体的肌肉
它就会偶尔甩一次头
你还不是和它同行的人
一匹马的不安还未曾了解
它那不被骑马者看见的眼神
怀疑界限的破灭
就像一汪清水被忽然搅浑

朝颜

原名钟秀华,女,畲族,1980年生,中国作协会员。作品见于《人民
文学》《青年文学》《诗刊》《天涯》等刊,入选上百种选本。曾获
全国少数民族文学创作骏马奖、《民族文学》年度奖、丁玲文学奖、
谷雨文学奖等奖项。出版作品5部。

垄上行

想跌进你的怀里,像一只蜜蜂
跌进金黄的花蕊间,跌进
一万亩的春风里
哦,这菜花,这唤醒灵魂的色彩
我抱着三月喜极而泣

想把一生的风情和一世的思念
积攒成一个小小的吻
昨日的悲伤我已忘记,现在
我所啜饮的每一滴蜜
皆是你心上的甜

哦,我多么想练习飞翔
练习用一枚致命的针尖扎进
你的深心里。此生
只要从你的世界里飞过
无数个春天,就会在我的光阴里
一次又一次盛开

韦莎

女，壮族，1995 年生，广西融水人，广西作协会员，在读博士，《作品》评刊员。曾参加 2020 年星星大学生诗歌夏令营。作品见于《当代作家评论》《文艺报》《诗刊》等报刊。

麦子香

麦粒破壳之际，父亲已驮上玉荽赴约
前往隆冬盛宴，他无限接近一地白
他脸上的尘，让大兴安岭突然拔高
他眉间的沟壑，下笔陡峭
如麦香乍破，如小米闪烁着沉重
压弯了一株腰

麦芽青青，踏上田埂，踏破饥饿
踏碎父亲早年埋在土里的一根肋骨
他双腿缠裹着风湿，一层又一层
让这个秋天的风，无限接近肥硕
让年纪被一个疼字尾随

湿漉漉的脚印里，一个动词跌倒了
半个父亲深陷于这个浩大又朴素的工程中
整个牧场，无数声祈祷从绿里窜出

把另一棵秧苗的鲜活，调亮
深秋种下的粮仓，丰腴了骨子里的精气神
麦地一响，父亲把自己跑成一匹老马

邓荣婷

女，锡伯族，90后，生于新疆伊犁，新疆作协、兵团作协会员。作品见于《诗选刊》《诗潮》《诗林》等刊。现居新疆石河子。

沙海　一场完整的告别

沙海重现了一场葬礼
包括所有的炙热和冰凉
这是一次完整的告别
无尽的沙丘怀抱回忆
或者举过梭梭头顶
向四季充盈的方向流去

我的脚印来回寻找
被蜥蜴轻巧的尾巴扫除
它将长眠于一只蚂蚁的洞穴
我假设爷爷躺在我
一步之外的缓坡
流沙拉扯住冰馆的四角

远近低沉的梭梭红柳
并排跪坐　还原一支香
我终于还原了沉默和悲伤
向上的漂浮和消散

孙玉平

蒙古族，70后，笔名犁痕，吉林松原人。吉林省作协会员。作品见于《诗刊》《民族文学》《作家》等。

辽阔的草原喂养着一匹孤独的马

黄昏中，一阵微风掠过
野茫茫的查干花草原再一次矮下去
露出泥泞的车辙和细白的河流
此时的落日好似一匹孤独的枣红马
正扬起鬃毛，我想
它一定会蹬开追风的四蹄，引颈嘶鸣
而它没有，在这辽阔的查干花草原
它缓慢地俯下了身躯，一点点消隐不见了
当我把这种孤绝落到纸上的时候
草原的夜空陶瓮一样倒扣下来

冯冯

本名封艳，女，回族，1970 年生，吉林人。中国作协会员。作品见于《民族文学》《诗刊》《当代》等，入选多种选本。著有诗集两部，曾获公木文学奖等。现居吉林省吉林市。

拉萨河的倾诉

河水捧着太阳，捧出一碗金黄的酥油茶
捧给所有的来客
你们记住它，它是高原的母亲河
年轻的导游把车窗外的拉萨河指给我们看
他像拉萨河一样讲个不停
嗓子沙哑了，还在讲
大块的云朵跟着旅游巴士走上景观道
他还在讲。念青唐古拉山靠过来
雅鲁藏布江的流水缓下来，在等我们
他还在讲，恨不得把西藏告诉世上所有的人
天空那么高蓝，像是他讲出来的
白云那么净洁，像是他讲出来的
木卓巴尔山雪峰开始流泪，像是他讲出来的
邦杰塘草原在奔跑，像是他讲出来的
援藏六年他讲了六年，他还在讲
拉萨河终年流淌
他还在讲，还在讲，不厌其烦地讲

崔丽娟

女，壮族，1964年生于广西。中国作协会员。诗歌、诗歌评论、诗人访谈等作品见于《诗刊》《当代·诗歌》《作家》等，入选各种选本。出版诗集《未竟之旅》《无尽之河》《会思考的鱼》《有后缀的时间》、评论集《中国当代诗人访谈录》。现居上海。

漓江轻舟

桂林的山俊俏多情
陡峭，碧绿，清新
患有洁癖的它
一年四季都在沐浴
或用烟雨，或用曝日

桂林溪流清浅，山峰桀骜
漓江之水，时而黄，时而白
倒影的青山荡漾在水上
忽而娇，忽而媚
山山水水，如梦似幻

穿梭于青山绿水间
我，仿佛就是漂起来的
一叶轻舟

莫日根

本名刘涛，达斡尔族，1978年生。中国作协会员，作品见于《诗选刊》
《作家》等刊，出版诗集三部、历史散文著作一部。现居河北廊坊。

太行山深不可测

太行山深不可测，而我的肚量是局促的
中午，押水村的饸饹面只吃了半碗
一个山西就涨满在身体里
上山干活的人都需要这样瓷实的饸饹面
我当然算不上
从山西到河北，太行山那么长那么雄壮
它还在向东方延伸，而我的目光追不上了
我只配看到它身体的一小部分
那片鳞，平静地蠕动
而我每天翻越的那些太行
也只是身体里的一小部分

马文秀

女，回族，1993年生，青海民和人，中国作协会员，中国电视艺术家协会委员，作品见于《诗刊》《中国作家》《文艺报》《上海文学》《民族文学》等数百家报刊，部分被译成多国文字，多有获奖。著有诗集《雪域回声》等4部。现居北京。

山川之境

昂赛大峡谷的水雾
无意间成为一道门
让足够静谧的人进入山川之境

峡谷前面的老树桩
善于解密大山的宽度

昂赛大峡谷的喧
让潜伏在谷地下的语言
长出一颗向往远方的心
心头连着一条可以延长的路

飞瀑倾泻，此刻眼里的旋涡
比这更猛烈
不要跟风打听我的近况
拉低帽檐遮挡光线，藏起了情绪

蓝晓

本名蓝晓梅,女,藏族,1968年生,四川小金人。编审,中国作协会员。
作品见于报刊及入选多种选本。出版诗集《一个人的草原》《冰山在上》
(藏汉双语)《聆听高处》等。曾获四川少数民族文学创作优秀作品奖。

在嘎尖看一朵花开

三千米的绿上
一朵小黄花探出了头
她打量着世界和村庄
目光里的勇气和坚毅
暗淡了纤弱的身姿

晨露歇息在她的花瓣
光亮的圆里有梦安身
她接住阳光的秘密
也把蓝天和白云的重量
放在怀里

一缕风过来
带着村庄的讯息
其实风已在山岗伫立很久
它在等待最美的相遇
辽阔的拥抱
打破时空的距离

她叫猫爪草，也叫小毛莨
朴素而又寻常的容颜
像极了她的村庄
虽然生在陡峭的高度
也要认真开放自己

买丽鸿

女，回族，70后，笔名脉脉，新疆作协会员。作品见于《朔方》《海内外》《民族文汇》《绿风》等报刊，入选多种选本。现居新疆沙湾。

雪花沉睡

没有一粒白
能躲过一场风
北方的风，收割无雪的草原
裸妆的荒野空空荡荡

已是大雪时节
白色花园里，风声鹤唳
十万个花仙子还沉睡在
西伯利亚冰雪的故乡

转场的天空
羊群醉卧。冬天失明
十万头麋鹿
也没能唤醒沉睡的信使

雪花不来
我怎敢老去？
我清冽的梦想
如何与白马驹一起乘风驭雪

刀锋已老

青草年轻。羊鞭闲挂

车马声辚辚

一粒麦子裸奔在迷途的旷野

扎史农布

藏族，1986 年生，小说、诗歌作品发表于《当代·诗歌》《青年作家》《诗选刊》《边疆文学》《西藏文学》《滇池》《都市》等刊。现居云南香格里拉。

当年在明永

当年，二十多年前在牧场
我几乎是头牲畜，混在牛群里
牛犊一样长大，学会蹦跳和喊叫

那时日子很长，从日出到日落
共有三场雨，分别落在牛角的左右
雨前会起风，雨后总有彩虹落地

那时地广人稀，风是自由的
大雪、森林和禽兽，没有躲起来
人也没有藏着心事，像盛开的野花

在二十多年前的明永，我是头牲畜
春夏吃野果，秋冬堆雪人
没有人的心思，仿佛生性单纯的神灵

李红强

笔名扎朵，拉祜族，1997年生。作品见于报刊及网络。现居云南沧源。

冬

遥远的地方
雪飘落
而沧源是不存在雪的
入冬后的佤山
雾比任何时候活跃
这时，人们会登上阿郎山
或任何一处高地
俯瞰又一个冬天的形象
缓缓上升，慢慢散开
默默给命定的冬天添一块柴
把火烧旺，不让冷追上

高璐

女，1981年生，四川汶川人。四川省作协会员。作品见于《星星诗刊》《四川文学》《诗选刊》《四川日报》等报刊，入选多种选本，曾获多种奖项。

族群

我用族群折射在火塘的隐喻
夯实岁月奔流的肌理
多重结构的，味觉的色彩
下意识地互通有无
比如咂酒，比如洋芋糍粑，
比如腊肉，比如鹿耳韭

白石的占卜
惯于思辨古今，惯于结伴而行
那些逝去的文字拉着我奔向远古
一片一片捡拾，神鸟抖落的翎羽
直到祖先的目光与今天对立
我看到自己投射的心理镜像
钟鼓四起

我想，我和祖先是相互寻觅的
更多时候，我们以文明淘涤文明
或者一起探讨
未来和过去是否还有交织，是否还很紧密

努尔买买提·吐尔逊

维吾尔族，1973年生，新疆博乐人。新疆作协会员。作品见于各类报刊。

秋夜

打破了秋晚的寂寞

"嘎嘎"的叫声

结着队经过夜空

那一刻我坐在窗旁

像被风吹而摇晃的巢那样

想象中送别了　向它们招手

朦胧地显示

窗外的云群中

扬起前蹄奔跑的几匹马的幻影

秋夜传来"嘎嘎"声

秋雨

正在绘画着窗的玻璃上

已被暴风折断而颤抖的

一双翅膀的叹息

阿马劳次

本名马济，土家族，1990年生，四川省作协会员。作品见于《四川文学》《延河》《星星诗刊》《星火》《散文诗》等。出版诗集《在大巴山以梦为马》。现居四川达州。

仿佛一切事物都在为我停留

连日来的疲惫在假期将其放下
把一些平日里的浮华
试着用一些柔美的句子在此刻书写

夜幕降临的时候
他们都开始扎堆述说生活的琐事
这几年来。我难得和他们一起说说话

我深知。在故乡扎堆说话的次数
说一次就少一次
但我说完话静静看月亮的那一刻
仿佛周围一切的事物都在为我停留

仿佛——
一切事物都在那里沉默
一切事物都那么令人深省

撒玛尔罕

本名韩文德，撒拉族，1968 年生，青海循化人。中国作协会员。作品见于《诗刊》《当代》《中国作家》《民族文学》等报刊。出版诗集《孤独与花园》等 7 部，获青海省政府文艺奖，《青海湖》文学奖等奖项。

默读

在青海的浩瀚和深邃之间

我默读天空，星光和它的照耀

默读无法言喻的白中之白的云彩

默读几乎擦我头顶而飞的秃鹫

默读草原的喜怒哀乐，狼的深思熟虑

藏獒的忠诚勇猛，羊的温顺乖巧

默读神祇居住的山和神奇的传说

默读盘旋的秃鹫和一次神圣的葬礼

默读金顶的寺院，推开的沉重之门

默读席卷西部的狂风，升腾的桑烟

默读山岩，山岩上攀缘而走的岩羊和雪豹

默读牧羊人的微笑，老者皱纹之间散发的光泽

默读侧身的山，阴影，融化的雪

默读早晨，照耀我早出晚归的太阳

默读夜晚，覆盖我醉歌幻梦的月亮

大朵

本名罗勋，壮族，1965年生，广西忻城人，文学硕士，中国作协会员，出版诗集4部，文集1部。曾获广西少数民族文学创作"花山奖"。

采艾于野

绿被春天拱出
于是，就有我们的惊喜

荒野绿草茵茵
鸟儿的琴弦已经绷紧

我们来啦！
循着马齿苋细小的脚印

找艾，找爱
揪住它们小绿袄

嗅一嗅那苦的味
吸入饥寒年代的深刻

我们的苦混编了艾的苦
艾草遮盖了我的祈盼

归途时
在失物启事中你丢失了马
在人情里我丢失了故乡

刘小保

彝族，1999年生，云南红河人。作品见于《诗刊》《延河》《青春》《诗歌月刊》《散文诗》等刊，曾获野草文学奖、"红塔诗会·云南高校大学生诗歌赛"等奖项。

村庄帖

蛐蛐叫得第几次白昼
——放晴。管不了许多
鱼在枯水的池塘
渴望鱼缸，令一艘纸船悲伤

原野很旧了，却总抓着
一些新的时光
没有春水愿意看一看四面风光
太阳稍微用一下力，它就落荒而逃了

可怜的村庄，夹在山的旷野里
寻找空荡荡的错误
没有伙伴，没有喧嚣
星辰在远远地观望

车才华

藏族，1969年生。中国作协会员。作品散见于《诗刊》《人民日报》《民族文学》《四川文学》《山东文学》等刊物，出版诗集《阳光部落》等3部。获鲁藜诗歌奖、黄河文学奖、《飞天》十年文学奖等。现居甘肃天祝。

黄河岸边

水深了
就没有声音和浪花

一棵古柳
用它年轻的枝条抚慰黄河
小姑娘诵读的经典和
风折弯的小号声撞在一起

黄河只是打了个问号
平静而缓慢
与树根上走动的蚂蚁很像

柳絮，柳絮
黄河吐出的水泡泡

树墩上一对白发夫妇起身
蹒跚走进绿荫深处

安静的早晨
我是翻飞的柳絮
想落下来，却怎么也
落不下来

马永霞

笔名千也，女，回族，1989 年生。新疆作协会员。作品见于《诗刊》《当代》《扬子江诗刊》《星星诗刊》《西部》等刊。入选 2024《中国少数民族文学之星丛书》。现居乌鲁木齐。

出生地

当她归来，桑树
还没有结果，红桑葚，白桑葚
她不知道，已被私下买卖

巷口打馕的年轻师傅
如今已经老了，他依旧
为众多来往的人
制作香喷喷的馕

当她归来，看见一棵棵桑树
已被人砍掉，晌午的巷口
正飘出新鲜馕饼的味道

天空还是蓝的，春天
正以一棵树倒下的速度铺开
四周，一下子空阔了许多

钱尘

原名钱勇力，哈尼族，1998 年生，云南红河人，中国诗歌学会会员。
作品见于报刊，著有诗集《仟叶谦逊诗集》，作品入选多种选本。

红河

红河，一个禁锢了我肉体
二十多年的地方
如今，我的灵魂又要被禁锢
在这一片土地上
这儿，有许多我想逃离的事物
但也有许多我所留恋的东西
包括那些挚爱亲朋
和从小陪我一起成长的这片蓝天
我爱她的蓝
我爱她的深邃
我爱她如清澈明亮般的湖水

绿木

本名张永发,土族,1988年生,甘肃积石山人。青海省作协会员。作品见于《当代·诗歌》《民族文学》《飞天》《青海湖》等。曾获中国文联等主办的诗歌奖等。著有诗集《小鸟之唱》《我在青海湖边等你》。现居西宁。

玛尼石

站在星空下,
我与石头静默无语。

不远处庙里,
点灯的人,
一定是菩萨。

而芸芸草木,匍匐在路上
朵朵格桑
生来汪洋

司玉兴

藏族，1982年生，甘肃天祝人，甘肃省作协会员。作品见于《诗刊》《星星诗刊》《散文诗》《天津文学》《飞天》《草原》《星火》等入选多个选本，多有获奖。

天山之雪

大地铺开宣纸
风清扫地面上的落叶

召唤一碗净水
我在去往天山的路上

天命、恩赐，我都一一接纳
这样想着你的出身
等一场雪落下
驼队、马匹、商人，走远
草籽、药片、粮食，还在

你看我们的头顶上方，果然
大雪封住过去年月
向上的路，没有台阶可踩
雪粒在一盏灯火里的打坐

从天山回来
替我走过的光阴，一阵心慌

阿娜尔

女，蒙古族，1963年生。新疆作协会员。作品见于《民族文学》《西部》《民族文汇》等，收入多个选本。出版诗集《城市草原》、中英文短诗集《感谢》等。现居乌鲁木齐。

我们

生在毡房，阳光下的花丛追赶白云
草场辽阔，琪琪格
你得记住
宽广辽阔是草原女孩与生俱来的秉性

我们拥有美好的夏季牧场
充满希望的白色严冬
如羊儿唇边的牧草
也如从前古老的故事

草原一如既往
承载着花朵和果实
蓝天下，鸿雁鸣叫着来来回回
我们奉献乳汁，美酒，骏马和歌谣

我们是自然的女儿
我们或许不只有一次
春，夏，秋，冬

岗路巴·完代克

藏族，1997 年生于甘南合作，中国诗歌学会会员，作品见于《诗选刊》《民族文学》《西藏文学》《飞天》等期刊。

关于秋卓

秋卓，一位美丽的女子
只属于高原的一阵清风
走遍了生命的每一个角落

看见秋卓
只是一行轻盈的文字
在大地的心脏里，肆意地取暖

关于秋卓
还有另一个名字
是治愈和自然、脱俗以及安静

仲彦

土家族，1971 年生于湖南湘西。有小说、诗歌、散文、文学评论等发表于《诗刊》《民族文学》《青年文学》《花城》《芙蓉》《星星诗刊》《诗歌月刊》《诗选刊》等报刊及多种选集。

指路碑

一块石碑没有说话。它身上的文字没有说话。

"前面沙坪村，后面杉木村
左边毛坝乡，右边后寨村"
这是一块古老的路牌
"家有小伢，易养成人"
善良的人们，把善心，寄养在这里
把祝福，也全部刻在碑上

这块石碑没有说话。这块石碑上的文字告诉我
沙坪村，不远了

韦康亮

壮族,1994年生,广西象州人,中国诗歌学会、中国林业生态作协会
员,有作品刊载于《火花》《参花》《三月三》《散文诗》《广西日报》
等报刊。现居广西来宾。

回忆如水

一些旧时光
挂在风中,淌入流水里
从指缝间,悄然溜走

曾经的欢笑与苦痛,追逐波澜几许
载浮载沉,卷走我的青春

泛黄的老照片里
老松树,蝉声
和深秋恒久的明亮,是绣娘
编织故乡的风物

请允许我,一瞬间
抓住流年的脚步
静静地回味,风起时
那抑制不住的泪

|00后|

陌生与透明

2009 年，端午节被列入联合国教科文组织"人类非物质文化遗产"名录。源于南方先民的端午节是中国四大传统节日之一，节期在农历五月初五，迄今已有 2500 余年历史。端午节是蕴含独特民族精神和有着丰富文化内涵的传统节日，对中国民俗生活有重大影响。

2009 年，中国朝鲜族农乐舞被列入联合国教科文组织"人类非物质文化遗产"名录。朝鲜族农乐舞是集演奏、演唱、舞蹈于一体，反映传统农耕生产生活中祭祀祈福、欢庆丰收的民间表演艺术，具有生态、淳朴、粗犷、和谐的特征。

2011 年，赫哲族伊玛堪被列入联合国教科文组织"人类非物质文化遗产"名录。伊玛堪用赫哲语叙述，采用诗歌和散文的形式，由许多独立曲目组成，是中国东北部赫哲族人世界观和历史记忆的重要组成部分。

毕如意

女，白族，2001 年生，云南昆明人，作品见于《上海文学》《星星诗刊》《诗刊》《江南诗》等。高校中文硕士生在读。

古典的时刻

在岛屿熟稔的生活常吹冷气
在摇晃的黑暗中，我重新躺下
覆盖上一块羊群般的海域。在那里
巴黎丽人用此艺名
每日抽烟和给母亲致电
今晨她返来，手袋上的金属链条
接触地砖，那些冰凉缓慢的声音
将我惊醒，她双脚赤裸，打开居室的门
一个古典的时刻
与永恒有玻璃之隔

张宜之

女，苗族，2002年生，贵州贵阳人。中央民族大学学生，校朱贝骨诗社成员。

考研间隙·给 ly

六点出门的室友，深夜十一点
拖着装满教辅的行李箱，推门
像刚结束一趟长途旅行。
疲倦让她沉默，比抱怨更重。
幸好通了暖气！寒意温和地融化，
汗液黏住我的手掌、她的背，
让我们的胸和小腹紧贴。两具
相似的肉体，因足够柔软
而严丝合缝。在冬天的北京，
一间方方正正的迷你宿舍里，
人和东西都挤得水泄不通。
只有两座安睡的子宫，
从容地静听着邻居的
呼吸。

黄禹瀚

壮族，2003年生，广西隆林人。作品见于《诗刊》《青春》《广西文学》《小小说月刊》等及各选本，多有获奖。

透明皮肤

故事的几种结局，美好的、伤悲的
和平淡如水的。坏想法，我每天有许多
比如，永远单薄的，她；透明皮肤
和晒过太阳后，暖融融的某块地毯
我怀疑过你的伪装，鹤目类人
为了更好地在世上翩翩，或者成了
一束桃花；我们创造属于彼此的节日
比如，你飞向我，和为我开放那一天
故事最终的结局，下了一场大雪。我听见
隐约的风声，曾在夏天射出的一颗子弹
晃眼的、沁凉的，和高贵而又自卑的
纸飞机，飞向很远

莫伟

笔名末小空，壮族，2003年生，广西桂林人。作品见于《当代·诗歌》等。

南北辞

假装停下时间，被人海推动的
尖锐证词，从我身体里四散奔跑
拥抱或职责从未降临，绿灯后
世界音量突降为零

朴素的背景下，原地说：小雨。更远处
人类成为钢铁的伏线，原来渺小的窜动
关于矛盾，关于值得，关于所有
喜极而泣的故事，是桂林
愈加具体

走向南方以北，按下拨号键
该如何描述他们的语言呢，隐涩与浩大
那人那山那水
再次将我经过和穿透

马龙

笔名墨尘，回族，2000年生，青海化隆人。作品见于《诗刊》《北京文学》《诗选刊》《当代·诗歌》《星火》《飞天》等刊，入选星星大学生诗歌夏令营、《诗刊》与《中国校园文学》"00后诗人十佳"，获"首届中国校园文学年度奖"等。

投石记

不止一次，我把那些石头扔进河水里
无端的打破平静的流水，迫使她交出
一部分的浪花和波纹，让一种现实的艺术
用片刻的方式，呈现在我的眼前

破碎的瞬间，她给出一连串疼痛的反应
连同身体里的倒影，也扭曲成不可名状的画面
——但依然没有一丝声音，被她喊出

而我也始终没有交出言语，就这样
河水在沉默中完成了所有的动作，直至
恢复如初，甚至你不能看出任何一丝打破她的痕迹

——片刻的过去，被她咽下
只留下一个平静而又动人的河面
在这个寂静的世界里继续生动

周祥洋

土家族，2000年生，湖北恩施人，湖北省作协会员。作品见于《诗刊》《星星诗刊》《江南诗》《边疆文学》《诗歌月刊》等。高校研究生。

身体的河流

夜晚没有目的而且漫长，我清醒的头脑里
空气如此空旷。盘腿合坐，在一张嵌入木板
摇晃的单薄床褥上，四周安静地响起空鸣
睡眠是生活的一部分，至少今夜，还未曾
怀抱一种目的入睡。在被包裹的光线里，等待
成为每一个夜晚必然降临的过程。这么多夜晚
时间进入黑色的空气里保持缓慢地流动
我身体的白天注视着黑暗里缠绵的河流
很久，不曾有意听见远处的狗吠，雨天缺失
冲垮头脑里堆积发霉的谷堆。在城市边缘
垂直的金属大厦与裸露钢筋的施工现场
试图将空气填满，潮水被硬物野蛮切割
我的身体也开始破碎，一张狭窄的镜面龟裂
属于河流的，在身体里沉下去，我们的夜晚
有时不仅仅属于我们，你在黑暗中选择沉睡
却来不及对身体里的河流，说出你的名字

龙飞洋

回族，2002 年生，云南南涧人。作品见于《诗刊》《江南诗》等，入选《云南文学年选·诗歌卷 2022》《北漂诗篇》等。曾获"求是杯"诗赛翻译类国奖等。现居北京，高校学生。

旅人之歌

寂静豢养我们。这片雪野上
一旦有鹿的声音，你就点燃
帐下提灯。一旦有精灵足迹
萤火虫们就被放飞。
蓝色河流，黎明前我顺流而下
听到钟鼓声响，风琴和鸣

我开始认识，卷轴、笔
和时间。直到遗忘了
冬季风之神的名字
再回不到你的身边

胡既明

土家族，2003年生，湖南永顺人，高校学生。作品见于《民族文学》《北京文学》《湖南文学》《山东文学》《诗刊》《星星诗刊》《当代·诗歌》等刊，曾获野草文学奖等。

蝴蝶之梦

你也曾放走一枚蝴蝶，它枕在夏日的隧道尽头
心脏颤动在整个宇宙，哦，轻巧的孩子
闯过午后的祸端，卷走你新研制的三手灵感
"它会死吗？"它会疼，如同被放逐的女子
水牢下住着的纤纤十指，或是阁楼上虚悬的西洋画像
处在记忆里吐出嗅觉。你相信蝴蝶的针尖
穿透我们的人生，提取那些珍贵如宝藏的时刻
这是你的时间：你梦到蝴蝶反身飞进你。

楚槐序

侗族，2002 年生，贵州天柱人。贵州省作协会员，作品见于《诗刊》《边疆文学》《飞天》《散文诗》《星火》等刊。曾获野草文学奖等。出版诗集《群山、篝火与月亮》。高校学生。

梯田曲

想当年，此地没有勒马逢生，只是悬崖绝境
而迁徙至此的祖先，并不认命，竟然异想天开
呼唤不羁的野性，在荒芜之中
来了一次前无古人的破局

显然，并非画地为牢，而是为了日出
日落的生息，才选择靠山吃山的躬耕技艺
来自数代人命运的墨守啊，经过物换星移
才形成如今，波纹般的成规之境

……岁月堆叠的线条逐渐趋于圆滑。事已至此
梯田的四季面庞，再度加持了艺术观赏性
收成一次次检验了风水，又证明了
此乃人间难得的宝地

等到天朗气清的时候，沿着田埂去看满山的镜子
有数只青蛙在此观天，但并不坐井
在先民遗留的巨幅杰作前，我不过是
一只微不足道的，点水蜻蜓

关琴

女，苗族，2001年生，湖北恩施人，作品见于《三峡文学》《草堂》等。高校学生。

躺着说

鸟声嘶哑一个白昼
未眠的女人小心翼翼地咀嚼自己年轻的肉体
割裂是欢喜的。碎片落在一万片初醒的叶子上：散落，再愈合
这是病痛的初期。她蜷缩在角落里
灰尘分娩斑点，酒瓶交割石块
贫穷的身体里鲜红的月牙开始惊慌失措
本不该这样的。当第一个孩子的呜咽
碾转成山头的青烟后，她是无定的浮木
一只牛犊出生，待宰。她接纳碎屑
用深夜来偿还浪费过的时间，习以为常了
她对一个男人自嘲
有第三只眼睛是好的
它不像一只手，能触碰到衰落的花蕾，斑白的枝条
等天空倾斜下来，摇摇晃晃的体态就变成另一种消磨

宋村

本名冯琳,土家族,2001年生,曾获得北京师范大学"风逸文学奖",作品散发于《知识窗》《微型小说选刊》《中学生百科》《散文诗》等杂志。现居广东珠海。高校学生。

白鹭

一只白鹭,是我素不相识的邻居
出没于沟渠中央,在我不曾涉足的门外
踱步、捕食,或是静默
白色与沟渠不算和谐
因此它来去都是焦点
河堤是它的城墙
困住从生到死的时光

几时春水浩荡
沟渠,也平白生出风波
流水马不停蹄地奔涌向未来
即使远方是未知
或许终有一天也会入海
而一只白鹭
静静侍立于此
等待着风平浪静
就将沟渠当作江河
站立如一株莲花的亭亭
宛在水中央

四郎彭错

藏族，2003年生，四川甘孜人。小说、诗歌、散文等见于报刊和网络，入选各种选本。曾获野草文学奖等。

说一个陌生的地方

从青藏高原下降几千米的海拔
到如此平坦、人如此多的地方
感受不到风往哪一个地方吹
天似乎下沉了一点
云多得不像话，没有一点蓝的踪影
我拉着行李箱走出车站
扑面而来的热浪包裹了全身
第一次感觉车内有空调是一件好事
在柏油路我的马应该跑不过这些车
但草原上，应是我略胜一筹
和故乡的大山一样高的房子
会让我感到一阵空虚

兰应宗

土族，2002 年生，甘肃天祝人。作品见于《中国校园文学》《星星诗刊》《散文诗》《散文选刊》《青春》《参花》《星火》等报刊及选本，曾获野草文学奖。高校学生。

西顶草原轻歌

北风伏地刮起，白云不曾为动
前夜的银色月戴着暗淡的光晕
今夜我试图点燃松柏与荒原的影子
母亲，西顶草原上有雪豹与我一同栖身
它的双眸如清晨露珠般剔透
它有如飞鹤般轻盈的羽翅
它常在西顶草原的幽谷中练习着飞翔
并日夜企求不朽的北风带它一同远行
失意的女子呀！不善于伪装自己
也把金盏般明亮的爱意托给北风
茫茫西顶草原，一只会飞的雪豹
一个醉酒的牧人和一个异想天开的行吟诗人
同样地怯懦，同样地浑浊
也同样会困顿在河流的腰肢上
唱起一首首生命破碎的挽歌

谢冰冰

女，瑶族，2003年生，广西贵港人。作品见于《青春》《红豆》等。高校学生。

如果黄昏不写情诗

黄昏已遗忘了，你还在言语
像一场断断续续的雨，书写那些
我们喝醉的日记，爱是海边一只轻盈的飞鸟
自由流淌，沉默不语

雨下着，在黄昏
像秋天的坠落，夜夜无声
我们都在坠落
分手时，我的手和你的手
像凋残的坠落

如果黄昏不写情诗
沉重的地球也在坠落，来自迢远
这种否定的姿势
最终渴望
一双手以无限的温柔接握

旦增白姆

女，藏族，2000年生。作品见于《贡嘎山》等及民刊、网络。现居西
藏山南。

这一刻有很多

飞快地消失了，我说
这一刻有很多
很多半瓶科罗娜
很多长椅
很多斑马线
很多爬台阶的腿
很多唱歌的嘴
很多发呆的人
很多嘈杂
很多安静
看远山的，看高楼的
云雾和烟雾同样缭绕着
这是山顶，这是头顶
我们同样在山上寺庙佛陀的脚下
也同样在城市拥挤的地铁里
这一刻，我们在很多地方
变成形容词相互依靠
企图永无止境

覃淑霞

女，壮族，2000年生于广西来宾，广西作协会员。作品见于《广西文学》等。曾获得《广西文学》年度新人奖、广西大学生创意写作大赛奖。高校研究生。

假如我不再年轻

引用同一个话题，翻新无数人
"还年轻"，因此安慰自己陷于泥潭
岸边有人，用同一句话
投下，压住一条舞动的肉肢
惨叫在骨骼里清晰可见，回声在胸腔

人群中恍惚，汹涌成一片海
没有花。春天还远。只有波涛如猛兽
才能让悬崖上垂挂的年轻感到平静
梦里干涸一片，醒来只记住一个
词语。在喝酒，梦里。别的不要记
我是说，那些关于理想的梦境
还有一些十二岁发出的梦寐，都不

坐在车后的时候我开始数星星
年轻趴在酒瓶上，抽象成一段日子
滚在汽油边，还有打火机的开关上

那么多生命，都消失在预言里
我又合上一本诗集，从此我开始
平静地遗忘它的诗句，只记一句

傅智明

笔名海明，蒙古族，2004 年生，吉林前郭尔罗斯人。中央民族大学朱贝骨诗社副社长。

鹰

睁开眼

我在深渊坠落的途中

一万年　而思念还在云端

睁开眼　爱人就不得相见

清醒着消磨　镂空梦的磐石

睁开眼　盘旋于夜晚的同伴　肩负青天

远离草原的黑土

庇佑弯腰的人

那些远方的友人　你们勒马了吗

素不相识的亲人　要记得饮水

让羊群聚在爱人身畔

唤我化缘一分沧蔚

滤过澄透身躯的翼抚之乡

将土地一同浸润

一切奉还身下　睁开眼

轻盈因我为之流失梦的生灵

沙显彤

满族，2001 年生于吉林，高校硕士。作品见于《诗刊》《星星诗刊》
《诗歌月刊》《当代·诗歌》《特区文学》等。曾入选星星大学生
诗歌夏令营。现居深圳。

身体发明术

绷紧呼吸，上发条，窗外的事物
在计时的旋转中，褪下外壳与骨架
现在，你拥有着被圆木
补全的躯干，被雨点雕刻的头颅
以及蝴蝶栖落，所诞生的指尖

你轻盈或沉重地，坐在原处
借此观察，芦苇丛垮塌的轮廓
与核桃内部，不间断的开裂声
那些溢出的背影与缄默。直到接近真相
你用目光，戕伐纷飞的木屑，取消了
毛孔与肌肤，也取消听觉

你仍想借着漫长的空无
取回一具身体，它没有边缘
无法触碰，伴随着你的徘徊，眺望
一次次被印证，在空椅子上
在一面墙前，认领光与微小的翕动

罗乔有

彝族，2000年生，贵州水城人，贵州省作协会员，湖南大学教育学研究生在读。作品见于《星星诗刊》《飞天》《诗歌月刊》等刊，入选多种选本，获中国校园"双十佳"诗歌奖、湖南高校大学生征文大赛一等奖等。

贵阳北所遇

很庆幸。贵阳大的一面，包容我的小
多少人像风一样，随遇而安
多少风像水一样，软弱无力
北站纷扬的雨脱离温润的阵列
夹杂着冷飕飕的季节钻进仁善的胸膛
人们看起来永不脱轨。为了生存
司机身手敏捷，方向盘是调动四季的卡牌
乞丐与商人拥有反义词般的生命抗衡
垂柳与杏树头顶同样的天空
远行的路上，我坐成一只被忽视的白鸽
我的小，构成我骄傲的烈日与人生
一颗摇摇欲坠的月亮，比铁轨先获得居住权
高铁搜寻着人们丢失的故乡
我的声带沙哑，对于人间正道
只能借轻微的咳嗽，以作声援

崔郑文哲

本名崔文硕，朝鲜族，2001年生，辽宁大连人。作品见于报刊并入选多部年选。

我愿追随蝴蝶的一生

不沉浸美好的想象
坚定执着便打破彷徨
不惧怕残破的模样
自会飞往想去的远方

当我扇动翅膀
命运积压的尘土
便被不屑一顾

我生来就是艺术
始终独一无二
但清清白白的灵魂
是我唯一的高贵

谢言

女，黎族，2003 年生，海南三亚人。高校文学硕士在读。作品见于《天涯》《星星诗刊》等刊，曾获野草文学奖等。

门外有山

山实在太难去爱了
因为那毕竟是一座山。但我仍会忠于目之所及的
第一件实物。尽管，那是一座山
门外，雨越落越幽深的清晨，大风吹过
我们站在屋里仍被淋湿
说出的最后一粒语词，将昨夜剩下的火堆点燃
我将自己置于山的周边，像最初一样
雨点溅起的水花带出泥土附在我的小腿上
而我仍不是，山的形状

任隽瑶

女，苗族，2004 年生，贵州都匀人。高校学生，现居成都。

老旧的生机

躺着　与沙发融为一体
褪色的睡衣环抱
带有十年前的气息
油污的痕迹　像过往城市的缓慢呼吸

唯一算得上的生机
——等离子电视的泛光
跳动在老皱的脸上
旋律像某首沙哑的歌被弹唱

欲望都溃败
只有平静存活
身体里　陡然升起
蓝色的战栗

张欢

女，回族，2002年生。云南大理人，作品见于《诗刊》《北京文学》《滇池》《青春》《小小说月刊》等，偶有获奖。高校学生。

春风辞

我时常困顿。在春末扑向一场大风
斜斜的，让绿色的裙摆在小腿上生长
把手举得无限高，再铺得无限平
我踮起的脚尖蕴藏着一场奔走
可是紫藤花的凋零，早于春天。
细枝总要卷曲，我生怕它无故败落
于是我慢慢停下，梳尽脸上的发丝
红晕处却永远不会消退，早在多年以前
滇西将一只孱弱的鹰寄养在我的右眼
我就多了泛红的时刻，纠缠着
再一次扯碎一些呼啸而过的阻碍
成为春风中一个幽幽的豁口

黄龙玉

女，布依族，2001 年生，贵州兴义人，高校硕士。

童年幽径

一点一点
那微小的事物如星子
串联起童年的幽径

并非绿皮火车的铁轨
能伸向无尽的远方
只是一条蜿蜒的小路
在时光里静默地躺
泥土与青草的气息
在呼吸间吞吐
布满的来往脚印
深浅不一

小路尽头的老井
水桶轻摇，岁月咕嘟
在呼唤远方的归客

景颇吾山

景颇族，2005 年出生于云南德宏。高校学生，现居河北。

太平洋立着一个红苹果

太平洋立着一个红苹果
不是爱情切莫幻想
偶然发现的是腐烂
一种抒情的死亡
随手翻开书本记下废话
等待挖掘出未知的深意
一颗苹果
仅仅一颗
一颗红苹果
立在太平洋上
无边的海
及无边的浪
没有精心安排
一切都无规则地变化
在远离人群的世界
太阳，早啊

杨运红

女，壮族，2001 年生，广西荔浦人。高校学生，现居广西河池。

风雨桥

我是山的邻居
看着它
老了一次又一次
我接受它的告别
也迎接它的问好

踏过我身躯的人
一波又一波
有新人
也有旧人
在风雨的时候
我挽留他们
像烈日下
包裹蝴蝶的大树

我是主人
也是客人

王近松

回族，2000年生，贵州威宁人。中国作协会员。作品见于《诗刊》《青年文学》《北京文学》《西部》《扬子江》《边疆文学》《草原》《诗歌月刊》等报刊。获贵州民族文学奖、《滇池》校园诗人奖、教育部全国大学生网络文化节网文类一等奖。

小镇夜饮，兼致继鹏

不要试图在春天，解读自媒体中深藏的真假
真假的本质，如同无边的夜色

在夜里，灯光划定界限
孤独成为稀缺的思绪

无须感到疼痛，举起酒杯
就能在酒杯中捕获春天

没有人懂得夜晚
也无须描摹着短暂的轮廓
我们在小镇上组织言语
女人和酒是一生的措辞

孤独在听从酒水的召唤
终其一生，我们都在腾空身体里的重量
让灵魂轻盈一些

李亚兰

女，2001年生，彝族，贵州盘州人，文字散见于《青春》《文学报》等。
中央民族大学文学硕士。

程序记录员

在经纬坐标系中悬停的位置
未注册的指纹不允许识别
纪念碑背面，写着异端的方程

候鸟在向南的列车上突然想起
那个向北的黄昏
习惯性地遗忘，随即上路

所有天平都患上了夜盲症
锈蚀的砝码上自燃起白磷
未被公证的燃烧
但燃烧本身，不需要目击者签名

候鸟的轨迹公证函，是丢失的回执
在碎纸机的公正无情中
答案和邀请，早已赋予谜题以权利
开启下一轮新的对话

张瑞洪

纳西族，2000年生于云南丽江，高校硕士。小说与诗见于《作品》《扬子江诗刊》《星星诗刊》《文艺报》《北京文艺评论》《文学报》等，曾获全国大学生原创文学大赛（小说戏剧）银奖、戴望舒诗歌奖等。现居南京。

香积寺

考研结束，她真的去了香积寺。出门前与母亲饮酒
她要她多向优秀的人学习，而父亲在杯子的更深处
一个人奇怪地走动。几天后，她加入灰蒙蒙的人群
剪掉黄发，修习失眠与厄运的破解法，除了楞严经
始终没能征服她的听力。像一阵小碎步，未经同意
便跨入了觉悟之门，她开始涉足禅林，并从乱石里
看出了狮貌。她用竹篮打水，但是不再朝绳子用力
泉声，变得完好如初。直到她对双亲的理解，终于
与高僧媲美，她才决定下山，去取回那顶戴了多年
却仍未走样的假发。到家时已是深秋，她特意敲门
在风中久站。父亲钓鱼未归，而母亲装作无事发生

周宸臣

女，傈僳族，2000 年生于云南普洱。高校硕士。现居北京。

什么是我

我的腰肢并不纤细
乌黑的头发不属于我
也没有农妇那样充满力量的
胸脯，可以说有点丑
歪斜的脸上有只笨拙的
鼻子，偶尔通红

有点儿过时，有点儿破旧
似乎都是我灵魂的一块
我还有个巨大的玫瑰花圃
被杂乱的野草遮盖
隔绝自我激情的访客
只有水塑造的人可以进入

今天，五分之一的我出走了
地面深陷，江水流出
我把自己捏成球状，投入
听说的不幸、睁眼与诞生
那可以是我，也不是我
拖着长长的影子浮出水面

身体茫然，折返到还没被
月亮的双乳压住面庞的时候
我的快乐从小小的眼睛里
流出，万物都模糊了
我是这样热爱我的生命
我疯狂地爱所有人的生命

我很怪，太奇怪了
可我就是知道，怪人
永远不可能摘取桔梗，而应当
做一个尽可能浇灌更多桔梗的花匠
这让我觉得仅仅活着就很有益
谁，能比我更爱我呢

|痕迹|

沉默与宁静

2009年,蒙古族呼麦歌唱艺术被列入联合国教科文组织"人类非物质文化遗产"名录。呼麦是蒙古族人创造的一种神奇的歌唱艺术:一个歌手纯粹用自己的发声器官,在同一时间里唱出两个声部。作为一种特殊的民间歌唱形式,呼麦是蒙古族人杰出的创造。

2009年,热贡艺术被列入联合国教科文组织"人类非物质文化遗产"名录。热贡艺术主要指唐卡、壁画、堆绣、雕塑等佛教造型艺术,是藏传佛教的重要艺术流派。它承载着热贡文化的历史发展脉络,是相关社区民众生产生活的重要组成部分。

张光昕

蒙古族，1983 年生，吉林蛟河人，文学博士，中国现代文学馆特邀研究员。有著作及文集《昌耀论》《刺青简史》《补饮之书》《为欲望开道》《絮语塔》等。另编有多种诗选和研究文献。曾获西部文学奖·评论奖等。现居北京。

戏水顽童

民国二十五年，九龙治水天鹅歌哭。
血色的河灯领走常德城里的壮男子；
桃花源黄发垂髫，避不过日本战火；
空城堡唯一的长孙哼唱起《松花江上》。

"划呀，划呀，父亲们。"

九岁，你途经私塾，悠悠然踩过浅水，
在对岸拾得一把钥匙，住进时间客店。
翻开十年后你在保定城买下的宣传画：
雪峰上勘探的姑娘，叫人如何不爱她？

"将青春献给祖国。"

你十三岁披上宽大的军装，旋即北上。
部队行进到故乡柜台，村妇认出了你：
"呀，这不是昌耀吗？"你魂飞魄散：
参军怎么瞒着妈妈？沅水竟也无声息。

"爱我的人站在河之干朝我启动着夸张的口型。"

她来了，沿着小木梯，你困在阁楼里。
怎么办？快躺下装睡，永远都别醒来，
也就永远别想见到她，只有绵长恩怨；
只有远方的美，一把蒲扇留在你床头。

"这孩子，看热出满头大汗。"

母亲四十岁亡故，脑中全是你摇不醒的睡姿；
六十五岁，在病房的窗台，你把蒲扇还给她，
纵身一跃，像个戏水顽童，在水中认出自己：
一个过继给北国的弱婴，你曾因怕鬼而尿床。

"我不得泊岸"，"军人不应该哭"。

可你最爱哭，出于内心躁动，出于肉体纯洁。
只有无聊时，才逐渐降低声调，直到被恐吓。
你躺在老年浴室，想到牦牛、高车和孟婆汤；
你总要泡掉大半天时光，再做一次文宣小将。

"我仍要哭个够"，"我要释放出淤积在我心中的雷电的颂歌"。

岁月的琴键，命运之书，祁连山的花儿练习；
库库淖尔湖忠实的养子，梦见柔情蜜意的夜；
劳改、离婚、单恋、分行，紫金冠与白色羊。

回到鹿的角枝？回到元山豆荚？回到王家坪？

"有一种欲哭的冲动，但泪泉却似乎干涸了。"

什么如水的滋补，什么待决的人夫，都不抵
十三岁的苦睡和一场逃不出的噩梦；都不抵
一人无语独坐和密西西比河的此刻；都不抵
善与恶相角力，让爱勇武百倍地繁衍与生殖。

"我感到两眼发热就要滴下泪水，但我却开心之极。"

姑娘姑娘我每存活一分钟都万分痛苦。
我的孩子啊我的孩子这是你的慈航图。
托钵僧人涉大川，前无爱侣后无仇敌；
胸口打字机烈性冲刺，可有雪碧浇心？

"眼泪不是水"，"我被这火的精灵迷住了"。

邦吉梅朵

又名祁发慧，女，藏族，1988年生，青海西宁人，文学博士，青海民族大学副教授，硕导。学术论文与文学作品散见于《民族文学研究》《作家》《大家》《青海湖》《星星诗刊》等，出版专著《诠释高原语义——当代藏族汉语诗歌论》。

十一月

十一月，冬天的力量在早晚分头行动
雪落在雪上重新酝酿着天上和地下的一切

十一月，松针掉落处传来雪落的声音
它们将在山上保存至下一个春天以及以后

十一月，枯枝撑着落日增加照片数量
月亮湖和太阳湖上荡起的微风比云慢一些

十一月，月亮从瘦变胖云在眼前来回
几段死亡不经意间提醒着几个意外和必然

十一月，我想从满坡的飘零中走出来
落叶遮盖的嫩草尖上印着努力抛弃的痕迹

妥清德

裕固族，1968年生，甘肃酒泉人。中国作协会员。作品见于《中国作家》《诗刊》《民族文学》《北京文学》《人民日报》等，入选多种选本并有译介、重点评介。获全国少数民族文学创作骏马奖、甘肃黄河文学奖等多种奖项。出版诗集《风中捡拾的草叶与月光》《百味酒泉》。诗集《鹰隼的天空》入选中国作协少数民族文学重点作品扶持项目。

水面上漂着亮光

等我坐回一根圆木
想法已经变形
风的尽头
长满现实主义的青草

山坡像一张床，吊在阳光里
让旧的东西再一次醒来
让槐树开始飞翔
炊烟垂向地面
我感到柔软中反弹的骨头

水面上漂着亮光
秋天就这样
与清澈的鸟鸣
在我的身体上相遇

加主布哈

彝族，1994年生于四川凉山，中国作协会员，作品散见《诗刊》《北京文学》等报刊，著有诗集《借宿》。曾获第二届四川十大青年诗人奖、第七届青春文学奖中短篇小说头奖、2022年度《广西文学》新人奖等。

如果今天只够悲伤一次

如果今天只够悲伤一次
让我坐在安静的谷底
把耳朵藏于倒跑的风的手心
给一只走失的眼睛灌注失落之水

心如失重的冰块
爬上想象中的木梯
翻看每朵乌云的秘密
如果今天只够悲伤一次
让天空倾一盆烈酒灌醉我

张牧宇

笔名小鱼木语，女，满族。1971年生。作品见于《诗刊》《十月》《作家》《诗选刊》《青年文学》等，出版诗集《沿着时光》《又轻又小的美》。现居吉林四平。

沉默是丰沛的宁静

终于可以松弛下来
一个人面对空房间

她在磨身体里的嶙峋和陡峭
海水撞击岩石发出的澎湃之声

空无的海岸
阳光迷失了晨昏

她磨出音符，刀斧
色彩与雷霆
接着是暴雨和梨花
冲刷掉平和的厌倦

还有什么
能如此刻纤细若丝
宁静如此丰沛

那萨

本名索样，女，藏族，1977年生，青海玉树人。出版诗集《一株草的加持》
《留在纸上的心》。曾获全国少数民族文学创作骏马奖、蔡文姬文学奖、
师陀小说奖·优秀作品奖、《贡嘎山》杂志年度优秀诗歌奖等。

中年

顺应一切变化和因缘
这是中年带给我的最高秩序

一摞书籍靠墙的位置
坐进随身塑形的坐垫
外物成为视觉的一部分
身穿宽松亚麻裤，白色体恤

借宿于这世间，总要兑现些什么
给梦兑现一个夜晚
给清晨兑现一壶热茶
给前世兑现一个拥抱

滴漏的光从夜间潜进
回到自我的深处，如幽蓝的湖水
荡起内部的波澜，在捕获
一朵雪花的光刺

——那瞬间的美妙

何永飞

白族，1982年生，云南大理人，中国作协会员。出版著作《茶马古道记》《面朝雪山》等十多部。作品曾获云南文学艺术奖（文学奖）、全国少数民族文学创作骏马奖等。

晨月

迟迟不忍归去，只因人间的暗色
还未清理完，火焰过早熄灭
寒霜压弯消瘦的季节
只因群星还陷于厚厚的忧伤
残梦挂在路口，无人认领
只因尘埃还在密谋如何吞下高山
有些养大的树木和石头，已叛变
只因夜行人还在原地打转，怎么努力
都走不出自己虚拟的圈儿
只因心中的爱，始终大于所有的失望
就算是徒劳和碎裂，也想多停留

牧之

本名韦光榜，布依族，1963 年生，贵州贞丰人。中国作协会员。作品
见于《十月》《诗刊》《民族文学》《北京文学》《人民日报》等报刊。
曾获全国少数民族文学骏马奖、中国人口文化奖、贵州专业文艺奖等。
著有《风在拐弯处》《盘江魂》等十余部文学作品。

风在拐弯处

沿着萤之光，种植风尘，风在拐弯处
我们身在河之西，远离霞光和雨水
牛蹄里泊着的一汪清水，有一片新绿
与藤蔓缠绕，南飞的雁阵在我们的心空
故意裂开一道时间的伤口，而窗外的风
却在遥远的苍茫里，如水淡然

在风尘里禅定，时光上的霜凝有月光逼人
心境之外，灵与肉在岁月的影子里合二为一
落在地上的桑叶，挣扎着嫩芽和花朵
与一阵阵拐弯的风揉进我们的血脉
转眼，又是杏花春雨的江南姗姗而来

冬天来临时，抓一把风慰藉红尘
那些尘封多年的疼痛，带着刺的尖锐
和卑微、残酷、隐忍、不屈一起
与滚落的石头，在岁月的风雪里左冲右突
之后，回归到一条河流和风的拐弯处
不为花的绚烂，不为稻的清香

刘阳鹤

回族，1991年生于甘肃。各类作品见于《诗刊》《上海文学》《十月》《民族文学研究》《文化研究》《法兰西思想评论》等刊，获奖若干，并辑录有诗集《逃逸线》《门上悬诗录》等。现居上海。

悬桥

太过在内心惦记，我们必会
忘掉究竟"是谁，陷入了时间的
隐秘核心"*。只要一刹那
我们就能把品相好的鱼形手办扔下去

看它如何被历史的流体浸洗
这样一来，我们才可算作桥上悬守的
观光者：既不会被驱离，亦不会
视残影为真实迹象。不一会儿

我们将目光投向不远的古塔
而桥下倏然动荡如海，回忆竟白鲸般
跃出水面。垂落之际，天地似我
想象的瞳孔，尽收了你的纵身

所谓的惦念并不存在，因为
哪里有落差，哪里就有渗血的背鳍

* 出自倪湛舸《悬海》一诗。

阿人初

本名麦麦提敏·阿卜力孜，维吾尔族，1991 年。中国作协会员。作品
见于《人民文学》《诗刊》《民族文学》《大家》等刊，入选各类年选。
出版诗集《返回》《终结的玫瑰》《顶碗舞》，另有译著 5 部。曾获
西部文学奖、《民族文学》年度奖。

通过纱网

屋里，阳光强烈。
就像凸透镜，不是放大事物
仅仅是将一切事物的意义
汇聚于一点——自身，心脏
屋外，阳光强烈
天空希望自己是梦

所有的事情，都是这样变形：
门困住锁，然后被困于墙上
只有那钥匙是自由的：
轻轻转动
发出机器坏掉时的吱吱声

此刻，我们通过纱网
交换空气
在阳光中留下一丝印记

原散羊

原名刘永，蒙古族，1981 年生，内蒙古通辽人，中国诗歌学会会员、
中国少数民族文学学会会员，内蒙古民族大学副教授、硕导，内蒙古
诗歌研究中心主任。

世无良药

每当草木繁茂，我就生病
仿佛一条没有岸的
河流，泛滥而不知所起
索性坐在垄上
一言不发，离开的时候
稻田里多了一株湿漉漉的草药……

薛菲

女，藏族，甘肃甘南人，文学硕士，作品见于《诗刊》《星星诗刊》《扬子江》《诗潮》《青年文学》《西部》《绿洲》《绿风》等期刊。获金羚文学奖等全国征文奖十余次。著有诗合集《在甘南》。现居新疆伊犁。

大提琴

树枝不分白天黑夜陷入干枯
作为保护膜的睡眠

大提琴从睡眠中发出
回应，它的树叶是一团乱发
从体内迸发

它的树叶是它的爱情
现在，料峭春寒中，浅睡眠也能呵护

它的树叶是一窝嫩绿的小猫
它现在在我窗外

西域天空宽广，即使阴着
我也感到树正在醒来

赵海青

回族，1988 年生。全国公安文联、青海省作协会员。著有散文小说集《此去经年》，诗集《在阳光还没有退去的时候》《一颗星》，诗歌合集《八面诗风》四种。作品见于《当代·诗歌》《北京文学》《青海湖》等刊并获奖，入选多种选本。现居青海民和。

相信

我相信冬天的风没有恶意
它一定温暖过一颗热切的心
我相信天是蓝的，云是白的
那些笑容都是真的
尽管你们说得都很有道理

我相信善良的人死后可以升入天堂
相信烟圈套不住奔腾的马蹄
相信麦其家的土司和金童是最有智慧的人
你们可以怀疑我的诗
就像怀疑我曾经是个坏人一样

韩金月

女，撒拉族，生于 1992 年，青海循化人，青海省作协会员。作品见于《民族文学》《青海湖》等报刊，著有诗集《白马与忧伤》，入选《青海当代女诗人作品选》等选本。

灵魂的讯息

一些人将长长的话，打断
写在纸上，称之为诗

一些人将灵魂的震颤，折断
刻在水上，一些流动的诗句浮现

而我在一日之内，被生活折叠
一个正在流逝的母亲，女儿
或者某人的妻

当白昼消失殆尽，我毗邻黑夜
如同身临深渊
灵魂方铺展自己
向我送来一切隐匿的真切讯息

吴群芝

笔名朵耶梅，女，侗族，70后，湖南省作协会员，作品见于《十月》《诗刊》《民族文学》《星星诗刊》《四川文学》等报刊，偶有获奖。

影子没有回声

不知道，那些仍在雪中滩涂
练习渔人绝技的
还是不是昨天那些白鹭

那个秋天敲打树叶的人
不见了，抑或我们看不到他
有时候树会变成人
人也会变成树或白鹭

离奇就是这样，不偏不离
倒影立在水中
无形间限制了鱼虾的自由
这些形而上的空间
几只白鹭飞走了，没有回声

宁延达

满族，1979 年生，河北丰宁人，出版诗集《大有歌》《风在石头里低低地吹》《空房间》《假设之诗》《魔镜制造者》《在徒劳的房间里》等多部。

让飞翔的事物归于安静

山脚聚集了好多乌鸦
阳光将手的投影戳在它们身上
像敲击似是而非的键盘
留下的诗句是什么
如果它们不飞走　或飞走

挽留地上散乱的草籽　或腐肉
我述说着朴素的语言
躲开华丽
躲开火机上冲出的激烈火苗

让飞翔的事物或归顺于安静
或归顺于童年嘟噜的小嘴

我希望你能感受到
我面对世界的方式
恰如斯

张沅

女，蒙古族，1998 年生于内蒙古赤峰市。文学博士。小说、诗歌、散文、评论见《草原》《莽原》《科尔沁文学》等。

水塘

古老水系无端蔓延，气泡奏着

交响乐，睡莲并拢绸缎的手指

握住陌生的粉颜色

柱头嘹亮如小号，引诱莽撞的外来者

收拢翅膀，溺死

在旋涡深绿的中央

白昼陡然翻转，夜空寂静

雨滴嗡嗡。稀薄的白云外，太阳马车正奔跑着撒落它的旧车辙

闪烁，毁灭之火

聚集，燃烧呈温暖子宫的深红色

花梗闭合，土地深处的力拽住它陷落的脚踝

噩梦苏醒的边缘处，鲜嫩的茎脉正低叹生长的微鸣

诞生，在胶质的半透明水底

跋涉，探出万千蜿蜒如尺蠖的软轨

自幽微的回忆底

直向群星

穆海麦

本名马文善，回族，1999年生，作品见于《当代·诗歌》等刊。现居青海海东民和。

指认灵魂的秘密

春天落在此刻，雨水、树梢的枝丫
褪去旧装的小草
这些组成美好的全部
我们走出白色的小屋
多年来，我们习惯按住内心的绿
把柔软的秘密封装，从不示人
而此刻内心的花含苞待放
地下的井水澎湃
这些细微的声音暗藏在田野处
我们热爱寂静，只用内心指认彼此
不需言语，无需相遇
两个未曾谋面的人都在追逐春天
那些歧路，那些暗，那些无人理解的落寞
只要大海湛蓝，世上还有你我在柔软地活着

吴治由

苗族，1982 年生，贵州都匀人。中国作协会员。出版作品集《途经此地》《中国天眼简史》（长诗）等 4 部。曾获贵州省乌江文学奖、尹珍诗歌奖、贵州省优秀文艺作品奖等。

万物静默如谜，致辛波斯卡

午夜醒来，"万物静默如谜"
寄居蟹回到了螺壳暂居
就仿佛星球选择背对太阳
或者，是光被压进了灯管内部

如果长久的静默之后
突然听到，空气中噗的一下，你会不会
想到凭空里跳出了一朵火苗

也许，那是一只刚刚出窍的蛾子
在用羸弱的翅膀拨动海啸

祁十木

回族，1995年生，中国作协会员。作品见于《人民文学》《花城》《南方文坛》《民族文学》《青年文学》《小说月报》等刊，入选多种选本。多有获奖。著有诗集《困兽之斗》等。现居南宁。

年轻人

那些忧伤的年轻人
年轻人，起初是书名
重重画句号，忽略我
曾被探访的秘密，在果核内
拧干小手绢，任凭我弹走
肩头练习弹跳的蚂蚱
学着做颗小小的种子
遗忘暴雨骤降，曾淋湿

闪电，在发明共享前
发明雨，说你竟不是妃子笑
没有爬遍全身的黏液
让雨珠均匀铺满眼睑
让你翻土，铲起书名号
迎接年轻人
那不再忧伤的年轻人

难忘记儿时的动画片

烹一锅莲藕汤
躺进冬天的原野
尝咸淡，说故事
如白日梦海，催你苏醒道
"呀，2002，竟是十年前"

红杏

本名于悦洋，满族，1989 年生，诗歌创作与活动、实验音乐以及行为艺术项目探索、策划及实践者。现居河北燕郊。

对抗生活的消极办法

展开一卷图细细观摩
在头皮发痒的时候甩甩残水
让符合颠簸的音乐逐渐卑微成希声
拒绝认知在他处的共鸣

幻想怀揣着的可以被昭告天下
然则只是在屋内敷衍打扫
消除人的味道
满足于日光被阻隔后苍凉的宁静

大声呼喊时并不使用人的言语
妄图由此进入更盛大的自然
接受如若腾空便必然坠落的现实
感到渴的时候　承认自己的欲望

焚香后目睹一条河流的涨落
打鱼人迅速撑起舟筏进入波涛
生命的延续便是对生命的剥夺
两相情愿　不得安生

入梦的时候夹杂淡淡的汗湿
浓稠的空气弥漫着惊人的安静
在黑暗中掌一盏灯
不休不灭
直到有关于人的词汇
进入耳朵　且不再嗡鸣

马丙丽

笔名河畔草，女，回族，1979 年生，云南省作协会员。作品见于《诗刊》《诗选刊》《长江文艺》《草堂》等刊，入选各类选本。曾获滇池文学奖等。出版诗集《水光鉴》。现居云南寻甸。

痕迹

我站在河岸边
白鹭立于水中一块岩石上
风吹来，如一声召唤
它骤然起飞，低低地掠过水面
另两只隐于草丛中的白鹭突然出现
跟在它身后
它们飞得那么轻盈，那么美
仿佛三朵白莲花飘过
然后向天空飞升。它们身影下面的城市
正在热闹起来，重复着每一天的生活
以及不可更改的命运。我目送它们
直至它们的身影消失于天空深处
风则猛烈地吹乱我的发
有一根发丝，被风带着
去往我所不知道的地方

包立群

蒙古族，1975 年生。中国作协、中国诗词学会会员。作品见于《星星
诗刊》《诗选刊》《诗歌月刊》《江南诗》《人民日报》《解放军报》
等报刊并有获奖。现居内蒙古通辽。

整理一个抽屉

整理一个抽屉
图钉，剪刀，散乱的纸张
药瓶，纽扣
看到一半的杂志
此刻，流过去一条分叉的河流
荡着些草绳、木棍和泥污
飞鸟和鱼也有生存
每隔上一段时间
脚面上集满缠绕的藤萝
更可怕的是它们向上爬满的趋势

整理一个抽屉只能是一个人
并且是周而复始

吴真谋

仫佬族，1970 年生，广西罗城人，广西作协会员。作品见于《诗刊》《星星诗刊》《民族文学》《北京文学》《诗歌月刊》《散文诗》《广西文学》等，作品入选各种选本，多有获奖。

在鱼的身体里，发现一条大河

在一棵树的年轮里，发现
青草在迁徙。那是冬天灰暗的时刻
在一条鱼的身体里，发现
一条大河，曾经的波涛汹涌
如果织一朵花在画布上，会发现
第二年春天，它会悄悄地绽放
我是一个心胸似海的人，在仫佬寨
我的体内，像一个空空的鸟巢
容得下每一寸山河，也容得下
一个村庄、大片的群山和鸟语花香
我一生的懦弱、沧桑、犹豫不决
仿佛仫佬寨，那些走过我窗下的人
他们卑微、质朴、本分，处处小心
谨慎。在时间的指针里，你会发现
他们，虽然不是我的亲人
但是，人人都有一颗善良的心

刘宁

女，纳西族，1996年生，云南丽江人。文学硕士，云南省作协会员。
作品见于《人民文学》《十月》《作家》《民族文学》《大家》《扬
子江诗刊》等刊，获草堂诗歌奖青年诗人奖、云南省年度优秀作品
奖等。

讲神话的人已不再

坐在奉科的田野里，我第一次
发现原来黑夜是这样
降临在人间世界的。它从
石头凳子山上下来，一点一点
往下移，罩在我外公的坟上，
接着是远处那几棵粗壮的芭蕉树，
然后是天蓝色的金沙江，属于它的
领地不断扩张，盖住了金沙江对岸
宁蒗的村庄，还有那些深褐色的山脉。
放养牛马的人离开了
他们的寺庙——高山和松林，
他们曾经站在人这一边，为我们
讲神话，而现在他们终于
要进入黑夜，像一头垂暮的白牦牛
缓缓走入雪山。

邹弗

仡佬族，1996 年生，贵州务川人，文学硕士。作品见于《当代》《山花》《诗刊》《十月》等并入选多个选本，曾获青春文学奖，野草文学奖，樱花诗歌奖，全球华语短诗奖等，曾参加星星大学生诗歌夏令营。现居贵阳。

高原上

斜阳里，晚归的鸟群
与我共享一具流浪的身体
与我目光里的悬崖
产生可以丈量的距离
大地吐出各具特色的植物
而我，长着众人的脸庞
我不是第一个，也不是
最后一个，增减却无损岁月
夕照如同洪水
野马脱缰之后，月亮上扬
河水冷清，谁是下一个
无名的过客，站在
一阵暴雨似的阴影里
我两手插兜，看到牛羊
从身旁走过去，看到
太阳在它们眼里缩成黄豆
那无尽的壮美中
分明有被鞭子抽打的哀伤

阿炉·芦根

本名罗旭峰，彝族，1979 年生，四川乐山人，中国作协、中国报告文学学
会会员。作品见于《人民文学》《民族文学》《十月》《诗刊》等。

彝腔辞

博大之流水犁过巨石，今日之声
已与昨日略异，巨石的皮
顺应着流水的耕耘，而汉语的铧口
不断经过我的喉结和整管喉咙

经过我的胸腔……嗬！整整三十年
流水和它的同名兄弟，在我
嶙峋而贫瘠的身体上始终种不出
准确的平翘声，我羞于当众蝉鸣

却又暗喜于不息的夏日。我就这样
趴在树荫里万千嘶叫。乱石堆砌的
我的胸腔，决定着流水的响音……

廖江泉

仡佬族，1967 年生，贵州道真人。中国作协会员。作品见于《诗刊》《星星诗刊》《山花》《民族文学》《中国作家》等，入选多种选本。出版诗集《天亮了》。

教训

风起后，一束光
从窗户那里射了进来
在暗处，我看见万千浮尘在光中奔跑
一瞬间，我屏住了呼吸
一瞬间，我有些呼吸紧张

这真是一次深刻的教训啊
这么多年过去了，我仍然会
扇动一个怀疑主义者的鼻翼
仿佛我的嗅觉，在耀眼与明亮的事物里
留下了疤痕

次央

女，藏族，1998 年生，西藏江孜人。诗歌与散文作品见于报刊和网络，入选选本。

逝者的葬礼

四月是错漏的季节
同逝者的身份
繁殖着曙草，又夹杂着
支离破碎和欲望

让春雨萧瑟地
切近大地
仿佛
故意去避开一些花和它们的刺

凡妹

本名马相红，女，回族，1974年生，宁夏作协会员。作品见于《诗刊》
《民族文学》等刊。曾获《朔方》文学奖新人奖等。现居宁夏同心。

晚熟

直到疾行磨疼五脏六腑
鸟鸣恢复清晨宁静
拓印在心上的、生活的梦
还悲伤地醒着，我在和命运交谈：
血管里的时光被分离
我睡在野外，离坟地不远

往昔，飘浮多年
辜负的时刻就在那里
也许持续地诉说
会消磨尘世巡游的时光
我被派遣深入生活更多的侧面
现在、过去和未来

这漫长的旅途因活着
感到荣幸、抱歉
解脱被失去的艺术掌握
接受隐秘角落里的光
于是我们练习生活
即使慌张得，像一场灾难

姚瑶

侗族，1979 年生，贵州天柱人。中国作协会员。著有作品多部，曾获全国少数民族文学创作骏马奖、中国电力文学奖、尹珍诗歌奖等。现居贵州凯里。

自带了火焰和光芒

怀揣着雷在人世间疾走
肯定是一个温暖的人

一个周身温暖的人
肯定自带了火焰和光芒

他们像一盏盏灯汇入黑夜
聚集在一起，像一枚引爆的雷
势不可挡

我用尽天下的汉字
也找不到更好的形容词
来比喻揣雷而行的人

吴颖丽

女，达斡尔族。中国作协会员。诗作散见于《人民文学》《民族文学》《北京文学》《诗刊》《星星诗刊》《草原》《扬子江诗刊》及《人民日报·海外版》《光明日报》等，入选多种年选。著有诗集《向日葵》《我看到了你的麦田》等多部，作品多有译介。曾获杜牧诗歌奖、丰子恺散文奖等。现居北京。

微小的事物

云朵们只管交出自己的洁白，
向江河逶迤的大地抒情。
羔羊们只管用虔诚的跪乳，
向自己的母亲致敬。
而那些快乐的蘑菇，
总能牵到伙伴们的手，
向雷阵雨作出繁盛的回应。

在呼伦贝尔草原上，
爱的主角不是你，
也不是我。

草原上的爱，
属于那些你永远无法知悉的事物，
那些你常常一笑而过的，
微小的事物。

清华

本名刘清华，傣族，1978 年生，云南弥勒人。云南省作协、中国电力作协会员。作品见于《诗刊》《星星诗刊》《民族文学》《诗潮》《滇池》《边疆文学》等，出版诗集《生命的流淌》《诗和远方》。

开始

各走各的路，正如各写各的诗
我开始安静下来，一湖明净的天空
多好啊，像一面镜子

雨过天晴，风轻云淡
自然闪着灵光
草叶丰茂，新的一天真好

我开始静下心来
读书、写作，到乡下走走
比如故乡的甸溪河、一草一木
比如渐渐远去的花朵
一些无法重复的印记

我开始关心谷子和番茄
把头低下去，听听泥土的声音

尚远刚

彝族，1975 年生，贵州水城人。作品见于《散文诗》《星星诗刊》
等刊，著有诗集《红色气球》。

初冬及大雪

初冬

有时，我坐着朝北房间里的冷板凳
有时，我置身某个朝南的窗口
有时，在楼群的峡谷间，冷风撩起头发
看看天空，心怀暖意。有时走进阳光
先晒晒额头，再晒晒后脑勺
有时，杯子大的人工湖起了波澜
有时，一片落叶正巧砸到头上

大雪

一场雪落在三十二年以前。那年
我拥有十六岁应有的羞愧
一朵雪花可拆成几个三角恋
从白腻到尖中，须穿过雁塘坝子
前胸是雪后自傲的花

后背是雪前自卑的水
一场雪下到现在。我比一场雪
更不计冷暖，拒绝融化
我在每条曲折的路上都铺满白

马永珍

回族，1970 年生，宁夏固原人，中国作协会员。《中国校园文学》签约作家。作品见于《中国作家》《诗刊》《北京文学》《星星诗刊》《朔方》等报刊；入选《中国回族文学大系·诗歌卷》等多个选本。曾获《民族文学》年度诗歌奖、叶圣陶教师文学奖等奖项。出版诗集《种了一坡又一坡》《昌平　昌平》。

听雨

带领万千破碎，如果君子，谦谦而来
黄昏已经在菊花台下，备好
一壶老酒，和被无限放大的空寂

无须多言，有些伤口，被启示后永远难以
愈合。雨还在下，还在下，听雨——
击打在心头的旋律，像被再次新鲜了的约定

瘦如刀，薄似刃，这个熟悉的声音，仿佛一个
全身疲惫、无家可归的人，急匆匆行走
在自己的骨头缝里

邓正友

黎族，1983年生，贵州普安人。贵州省作协会员。作品见于《民族文学》《星星诗刊》《杂文选刊》等刊，入选选本及获奖。现居贵州兴仁。

老屋

总还会有风回来拜访的。它们
从老屋的西北角，或东南，匆匆而过
瓦上的青苔总还会变厚；木板，总还会变薄

总还会有丝丝阳光
从瓦缝窥下来。这样，地面上
就总还会撒下点点黄金

这点点黄金，总还会
一天天地移动着。重复移动着的
总还会是，更多的沉默

曾祥理

黎族，1994 年生，海南陵水人，作品散见于《天涯》等。

我们都在等一扇门被轻缓地推开

林径外青草格外稀疏，
木琴响动，所有声响都朝向破旧的木屋。
倾听虫的低语，对着云雾堆砌的山脉，
我们总抱怨夕阳姗姗来迟。
晚霞会为蜻蜓披上嫁衣，
让它们在竹叶上、青草边寂静出嫁。
我拒绝阐述疼痛，
所有玫瑰会带刺成长，
像人的骨节总包裹着心脏。
我用余生搭建虹桥，
却始终在半路因为风雪坍塌。
群星会蓦然出现又远离，
像你热爱的城市、你最喜欢观望星辰的山岗。
晚风顺着列车的轨迹而来，
我屏住呼吸，万物也停止了流转，
我们都在等一扇门被轻缓地推开。

予衣

苗族，1978 年生，贵州务川人，贵州省作协会员。作品见于《十月》《民族文学》《诗选刊》《散文诗》等刊。曾获少数民族文学创作"金贵奖"、《飞天》全国诗歌散文大奖赛奖等多种奖项。著有诗集《神性之美》。

颠倒歌

辽阔，高远，天空无所不能
在人间随意切换场景，颠倒秩序
所幸的是，风天生就是一把剪辑好手
云是一张免费的过滤网和防火墙
神奇的组合，随时可以替我们
拂去疼痛，擦掉忧伤
让我们在东倒西歪的摇晃里摸爬滚打
练习如履平地的倒立

这么多年，我们已经习惯隐忍
习惯于割掉双脚和舌头
在黄色的便盆里君临天下
或者像一颗孤独的星星
躲在遥远的角落，暗自悲伤

栖居

近处与远方

2009 年，花儿被列入联合国教科文组织"人类非物质文化遗产"名录。花儿产生于公元 1368 年前后，是流传在中国西北部甘、青、宁三省（区）的汉、回、藏、东乡、保安、撒拉、土、裕固等民族中的民歌。因歌词中把女性比喻为花朵而得名。

2009 年，玛纳斯被列入联合国教科文组织"人类非物质文化遗产"名录。柯尔克孜史诗《玛纳斯》传唱千年，是中国三大史诗之一，其演唱异文繁多、篇幅宏大，反映了柯尔克孜人丰富的传统生活，是柯尔克孜人的杰出创造和口头传承的"百科全书"。

大解

满族，1957 年生于河北青龙，现居石家庄。代表作有长诗《悲歌》、寓言集《大解寓言》、长篇小说《原乡史》，作品曾获鲁迅文学奖等多种奖项。

一座山被阳光晒得透明

一座山被阳光晒得透明，别的山，
未必有这个福气。多数的山都是石头，
土壤、杂草、树木、鸟兽、昆虫……
有一个透明的女子住在山里，
你一眼就可望见。

你望见那个女子不要老远就喊她。
你要走到山里去，看见她从井里打水，
你要帮帮她，你可以喝一口
她从木桶里舀出的水。

当你也透明了，从山里出来，
阳光把你包围，好像你是一个大宝贝。

你就庆幸吧，不是谁都能走到远方，
在你的来路上，
多数人已经融化，
还有一些人走着走着，变成了阴影。

冷盈袖

本名雷军美，女，畲族，1976 年生，浙江武义人，中国作协会员。著
有诗集《暗香》《将及熟溪》《海的骨》、随笔集《闲花抄》等。曾
被《《诗选刊》》评为"2007·最具活力的 20 位青年诗人"之一。

黄昏的后山

后山是从前的，今天的，未来的
人也是。当我们坐下，我们就是新的山

与东一座西一座散落的坟茔
并没有太大的区别，在一阵晚风看来

晚风一遍一遍吹拂
直到所有的事物，都失去了界限——
再没有比这更完美的消失了

我愿意就这样坐着，在黄昏的后山
至于月亮上来，把道路照白
那都是后来的事情

苏笑嫣

女，蒙古族，1992 年生，作品见于《人民文学》《诗刊》《中国作家》《民族文学》《十月》《钟山》等刊，出版诗集《时间附耳轻传》等。曾参加诗刊社"青春诗会"等。高校文学博士。

晦暝时分

你习惯在夜晚逡巡、反刍
过往生活的航道。就像一只孤单的鸽子
不断撞上黑铁栏杆，撞击出竖琴的乐音。

驯服于纯粹的空缺，睡眠半敞，费力地换气
方形灯光的模具裁剪镇静。
口有苦涩，一块枯瘪皱缩的陈皮。

谁能够追上那些自身无法保持的事物？
黑色的空气有陡峭的折痕。
失去睡眠的人渐趋透明，复述冰箱中幽蓝的冻鱼。

墙皮缓缓剥落，月光悲哀如麝香，
洒满整个街区。在楼群向清晨转身之前，
你还需支撑庞重的巨影。

郗磊

彝族，1997 年生于贵州。高校博士，主要研习中国新诗与文学批评，偶尔写诗。

地铁

它在雨林中打一个哈欠，漆黑的身体
便张开一个不规则的黑洞，钻往深处
像我眼前的电光，在点线间循环
广告牌的白色毛绒花纹。多年来
我早已习惯地下不分白天黑夜的穿行
像宇宙光缆中的黑暗代码，用流水般的
动作，维持着城市易碎的秩序
玻璃窗外，隧道灰暗狭长
僵硬的手势、嗜睡症或失眠在我脑海里
像白色花野猫张开连日浓雾
废弃的黑煤洞。浸水的客厅
模糊的形象如多年前的谎言
拥挤在这个无尽狭长的空间里
用它们贫穷的鼻子
吸食着身体中的氧气和橘子皮
枯燥的生活就像服食毒药，在幻想间
充盈着危险的诱惑
我时常会想，这列车厢
是否会像科幻小说中那样

在某个夜晚末班突然失去站台，无止境地
疾驶下去
直到车上的人们变老？
遗憾而又庆幸的是，这一切都不会发生
直到我退休、衰老，身体被碾得
如发亮的轨道

马勋春

回族，1988 年生，云南永善人。云南省作协会员、中国诗歌学会会员。
有作品见于《星星》《诗潮》《海燕》《滇池》等刊物。现居四川宜宾。

狂想曲

每隔一个时辰
街上的行人
都会随机少一些

城市是一个大的橱窗
转头不见的事物，
多半，不会再出现

透过天空这块陈旧的玻璃
我看到一个焦虑的神
在不定期下架一些
过时的商品

今晚，多么庆幸
他还没有选中我

拉玛伊佐

汉名张海彬，彝族，1987年生，四川会理人。博士后。现为中央民族大学中国少数民族语言文学学院助理教授。论文见于《文艺争鸣》《民族文学研究》《当代作家评论》《当代文坛》等刊，出版诗集《复活一个太阳》《拉玛伊佐作品选》。

五月青海·云雀

湖边的黄昏

都被归巢的鸟鸣占有

此时，很多小鸟已钻进大鸟的胸脯下

避免高原夏夜的冷

他们的巢就筑在草丛中

牧民说，他们得快

快速孵化

快速长大

温暖的日子

在高原上，总是短暂

野老

本名黄健，土家族，1996年生，贵州沿河人。中国作协会员。作品见于《诗刊》《当代·诗歌》《北京文学》《长江文艺》《星星》《延河》等。入选多种选集。出版诗集《雾中山色》《马蹄河上的村庄》。曾获中国作家网"文学之星"奖等。

夜晚的朗诵者

无数的星星把一条穿城而过的
河流，照亮。夜间的鸟
站在月尾上，没有发声
此时，我正好路过这里
带着语言的差异，正想和它打招
但它像水不似水
它身上戴着一串串珍珠
在我眼里闪烁
我没有幻想
它在闪烁中，比鸟雀先发声
带着浓重的方言，在朗诵
这座城市的伟大诗篇
它朴素，声音带着泥沙的属性
带着水草的梦
让人充满遐想

李其文

黎族，1984 年生，海南作协会员。作品见于《诗刊》《天涯》《民族文学》《当代·诗歌》等刊物及入选多种选本。出版诗集《往开阔地去》、小说集《火中取炭》。曾参加诗刊社"青春诗会"，曾获"海南文学双年奖·新人奖"。现居海南陵水。

渔民

一到傍晚，渔船被大海吸进
腹中。渔灯未点燃，马达声一路远去
被海风吹得古铜色的脸庞
会在天亮之后回港
男人身上咸腥的味道
和渔船一样
是海里未知的凝聚

让我想起——
许多年前曾有人在海岸边招魂的情景：
漆黑的夜里，海浪翻盖
一个不断被呼唤的名字
一根魂幡，插于浅滩
它高于天空
也高于黑暗里呈现的所有事物

韦廷信

壮族，1990年生于霞浦，中国作协会员。作品见于《诗刊》《星星诗刊》《民族文学》等，参加诗刊社"青春诗会"。著有诗集《土方法》，获福建省百花文艺奖，福建省优秀文学作品奖。

北礵岛的羊

在北礵岛结识一群羊
它们在岩石上看着大海
我站在它们身后
看不出它们的心境
像看不出一座雕像凝固的世界
看海的羊
比看海的人更具备禅意
海也因此更加神秘而深邃
我看着这群羊
周身披满波浪的投影
仿佛他们是大海遗失的孤儿

李继宗

回族，1968 年生，甘肃张家川人。甘肃诗歌八骏之一。作品见于《诗刊》《人民文学》《芳草》《山花》等刊，入选多种选本，曾获闻捷诗歌奖、甘肃省敦煌文艺奖、甘肃省黄河文学奖等。著有诗集《场院周围》《望过去》等。

山梨树

山梨树，今年开花，今年还是开在先人坐过的地方
开在一阵卷地风里，有人记得

山梨树，月光里泼水水无声，抬头看见远山
远山这边，场院上确确实实是空的

山梨树，八辈子结交的朋友一个一个走散
十拿九稳的事，最终没有结局

山梨树，今年结果，今年还是结在
一眼瞭不见的地方，瞭不见好啊，瞭不见了人心慌

央金

本名杨尖措，藏族，1980 年生，青海省作协会员。现居西宁。

迟来的夏

扬沙与浮尘覆盖
落雨中喘息的梨花
横扫怅然，卷起
内心不安的阴霾

迟来的夏
有无平衡自律的条款
打印满怀的期许
心已寄存桑烟缭绕的塔尔寺

夜的音符升调
我在现实与梦幻之间切换
校对时光的窗棂里
关于夏日的答案

顾文

本名刘加新，蒙古族，1994年生，吉林扶余人。文学硕士。作品见于《诗刊》《中国校园文学》及港台各类刊物。曾获香港第十二届大学文学奖、中国怀化屈原爱国怀乡诗歌奖、海峡鼓浪诗歌奖等。现居杭州。

沉醉的夜晚

窗外，两侧的梧桐树
向后走去，右拐
拐进萤火虫的发光器里
熟透的花瓣，像一只小猫
扑向酣睡的鼓楼
我们坐在橘黄色的靠椅上
在树与树之间拉扯，游过
整个世界的屋檐，偶尔
伸手构想鱼缸之外，泛白的
篝火，等待皱起的孤山经过
悲悯的灵隐路，栖息在
无患子树拉长的锚上
公交车里的人，一个一个
都走远了，我待到很晚
看着灰蓝色的白鹭漫过西湖
蹲下，和群山一样高

刘应娇

女，毛南族，1974年生，贵州平塘人，中国作协会员，作品见于《诗刊》《民族文学》《作品》《清明》《诗歌月刊》《安徽文学》《扬子江诗刊》等刊和多种诗歌选本。著有散文集《低处的灯盏》。曾获甘嫫阿妞全国少数民族女性文学征文诗歌奖，全国打工文学奖诗歌等。现居合肥。

流水的哲学

龙川水暖。老妪在青石板上
濯洗粽叶，毛刷驱离的虫卵和浮尘
一再与低处的流水竞走

村姑在堤岸边擦洗锅具，钢丝球
引领的圆圈舞，运用芜杂的弧线
替被抹黑的锅具洗心革面

朝笋桥下，泡火腿的黄手套
抚过二师兄的骨肉，满河春水析出的
盐粒，催促刀俎重构美食秩序

半个晌午，患有软骨病的龙川河
一直怀揣洁癖，为家什物件
和整条水街净身

陈润生

仡佬族。1977 年生，贵州道真人，作品见于《诗刊》《民族文学》《当代·诗歌》《十月》《山花》《解放军文艺》等刊物，著有诗集《北园村》。

也许，落日也有厌倦的时候

落日又染红了山峰，那么多重叠的山峰
对着落日，慢慢生出烟岚
面带羞涩。落日

从出生到现在，一遍遍
不厌其烦翻越群山。像愚公
也像那些山峰内部挖煤的人民
于黑暗中追逐光，追逐温暖

而群山站在原地，一生都没有移动
也许，落日
也有厌倦的时候吧，群山也是

只有这座城市在不断更新
从播州到遵义，从耕地到楼盘

吉伍依作

彝族，1976 年生，四川凉山人。作品见于网络及多种民刊。

远一点好

不仅一次
也不仅一个地方
我从公路边望过去
远处的山腰
散布着一些白
多么舒服的一群羊
走近了
才看清
那是一片坟墓

曾万

苗族，1999 年生，贵州盘州人，贵州省作协会员。作品见于《诗刊》《星星诗刊》《飞天》《青春》等。曾获"求是杯"诗歌创作与翻译大赛一等奖、第三十九届樱花诗赛二等奖等。

土拨鼠

像个毛茸茸的小球在雨中忙碌
乌拉盖草原上，一只土拨鼠正迎着小雨挖土
用它尖尖的鼻子拱着泥土，然后又用它
肉嘟嘟的小短腿把泥土刨到身后。洞越挖越深
它从洞里将泥土一点点清出，平整地铺在
草坪上，刚刨出来的泥土在雨中逐渐变成深褐色
湿漉漉的，像它被雨水淋湿的毛发。雨还没停
它还在往里挖，仿佛一个农民在地里栽种玉米
用挖土的动作向我们展示它的热爱
在乌拉盖草原上，这只土拨鼠做着祖父，父亲
曾经做过的事情，动作和它们一样的娴熟
用不了多少年，它也将成为父亲，祖父

岩温香

傣族，1983 年生。云南省作协会员。作品见于《民族文学》《边疆文学》《滇池》《文学天地》等报刊。现居云南景洪。

心头的那颗种子

走到哪里
心里都揣着一颗种子
我怀揣的是一粒稻谷
从一片稻田里走出来
几十年了，我走得太远，太颠簸
也太茫然。心头的那颗种子
不幸碎裂成脱壳的米
啊！乡土，原谅我
我再也不能回归你的子宫
去生根发芽

邰婉婷

本名邰领小，女，蒙古族，1976 年生。作品见于报刊及选本。内蒙古作协会员，内蒙古通辽市科尔沁区文艺评论家协会主席，哲里木诗社社员。

鸽邻

之前，
我只看到一只鸽子。
它站在我家窗台，
度过了一个夜晚。
我猜想，
它或许透过夜晚，
发现我是只好鸟，
领着家眷，
做起了我的邻居。
我家屋顶，
已不光是我家屋顶。也是
两只鸽子的家。

姚智

笔名姚维奇，俄罗斯族，1986 年生，吉林省作协会员。作品见于《民族文学》《安徽文学》《绿风》《鸭绿江》《海燕》《辽河》等刊。现居吉林四平。

夜晚的雾

厚重的云层，瞌睡了
趁着夜色
从天空上落下
便形成一场雾

它静悄悄的
却是此刻，最公平的事物

它不试图推开，任何
紧闭的房门
也不试图阻挡，任何
奔入夜色的孤影

它就这样，静悄悄的
仿佛沉默的卫士
在等一个变数

丁乙

傈僳族，1994 年生，云南人，高校学生，现居南京。

魂林

我确认了一次回家的路
两丛着火的芭蕉越来越冷

草是灰色的，像麦冬
长在崖缝里，我自己提着心去长

现在，那些随时都在发生的事
和我都不在关节里跳舞了

老柏树上残缺的鸟巢
因一所烧焦的房子而生病

丧亲的人和我一起盘在树下
凝视着突然消失的人

他们已经用完了所有的景象
再也没有人肯像我一样留在这里

纳穆卓玛

女，藏族。西藏日喀则人。中国作协会员。作品见于《诗刊》《青年作家》《西藏文学》等。出版诗集 2 部，诗集《半个月亮》曾入选中国作协少数民族文学重点作品扶持项目。现居拉萨。

一座山上

一个热卡扎寺，一个僧人
一个达丹日追，二十三个尼姑
一个帕崩卡天葬台，秃鹫起起落落
一面独日山坡，几头牦牛正下山
一条曲折的山路，几朵白云落在尽头
满山的草木被风吹着：
红景天，麻黄，鸡蛋参，蓝雪花
野蔷薇，曼陀罗，绣线菊，石花，白蒿
它们静得出奇，美物不可仿啊
像星星在人间散步
像一位母亲把灯盏一一点亮

超玉李

彝族，1984年生，云南姚安人，中国作协会员。出版《楚雄书》《仙鹤古镇》等，作品见于《人民日报》《文艺报》《人民文学》《诗刊》等，入选多种选本，曾获中国作协少数民族重点作品扶持项目，多有获奖。

孔雀书

我愿爱上，这来自远古的
众鸟之王。爱上哀牢山
爱上孔雀翎，爱上孔雀扇
静静在这恐龙河谷，美而不炫
屏为灵魂相似者开

仿佛全世界都爱上了
君的美，君的扇，君的翡羽
以及胆怯和含羞
仿佛天地山河，都爱上了
君的人生道场
不止是，皮囊美丽

韦君予

女，壮族，2010年12月生，广西融水人。作品见于《星星诗刊》等。现居南宁，中学生。

老家所见

父亲的青春、欢乐、黑发
都被他贴在墙上
同时被贴在墙上的
还有郭富城、巴乔、克里斯曼等
杉木建成的房间
与屋檐下的燕子一样
成了候鸟

大门上高高挂起的两个灯笼
布满了灰尘，里面
也是空的

拉玛伊祖

汉名张海东，彝族，1990 年生，四川会理人。近年来自学汉字和写现
代诗。现居浙江武义。

打工谣

整个夜晚
我都不敢入睡
我必须得在公鸡没打鸣前起身
不然一旦天一亮
整个村庄就不让我走了
这样的话
我会更忧伤的
明月星光
影子小心翼翼地跟随着我
我不敢咳嗽一声
脚步却如此沉重
翻过父亲的大山
越过母亲的河流
牛羊猎狗从此易主
我无比痛苦
手里的车票是站或是坐
都无关紧要
它把我载向哪里，已不重要了

沈沉

回族，1975 年生，云南鲁甸人，云南省作协会员。作品见于《诗刊》
《民族文学》《青年文学》等报刊并入选各种选本，曾获边疆文学奖、
滇东文学奖等。

在迤车

空荡荡的服务区餐厅，孤独的旅人
以一碗水饺消夜，他的马帮
在漫山荆棘和呼啸车声掩埋的
古道上，早已走远

只有一轮明月还在山谷中，在云层里
与这烟火人间，反复捉着迷藏
大地播放出蛐蛐永不停歇的奏鸣
所谓天籁，还是一千年前的声调

今夜的迤车，我们只是不速之客
超市姑娘惺忪的睡眼，忽明忽暗的
月光灯影下，你从门廊外匆匆走来的身影
奶茶的面容，留给一个幽深的梦境

才让扎西

笔名赤·桑华，藏族，1980年生，青海贵德人。中国作协会员。作品
见于《民族文学》《文艺报》《诗歌月刊》《山西文学》《西藏文学》
《青海湖》等报刊。曾获青海省文学艺术奖等。青海省"昆仑英才·拔
尖人才"。

风的方向

山岗发青

吹了一夜的风

留下长长的痕迹

蜷缩在一株草的茎管里

远处便是空旷的原野

发烫的石头在咆哮

——那是哪里呀

起伏不定的沙石路

向我靠近

风吹了一夜

谁能撬开大地沉默的胸口

把漫长的等待

化为乌有

黎明前的曙光

引领你走向回去的路上

风，依风的姿态

摧残着光的偏见

回不去的家

是风的巢窠
风吹遍的山谷里
能听到炮裂的混音

吴春梅

女，土族，1975年生，甘肃永靖人。中国作协会员，中国林业生态作协会员。作品见于《人民文学》《四川文学》《花城》《飞天》《边疆文学》等报刊。曾获甘肃省黄河文学奖，甘肃省少数民族文学奖等。出版诗集《虚掩的门》、长篇报告文学《青云志》。

芦花轻拂

线条凌乱
美成秩序
它们是太极岛的传说
绿水红路并肩溜达的行者

它们因爱而生
因情而舞

风起时飞天共舞
风息时独自妩媚

我爱着它们
爱着芦花轻拂的样子
像是曾经有人来过

郭卡娃

笔名规心，女，普米族，1993年生。现居云南丽江。

光

起初
木楞房没有窗
没有窗——太阳和月亮都照不到的地方
白天
那里关着一屋子的黑
夜晚
那里是星空外最亮的地方
人们蜷缩在一起
借用火的光圈呼吸
光圈之外
全部供奉给神明和魔鬼
直到火变成烛，烛变成灯
灯把整个村庄点亮
你知道了
拉卡西里的夜晚
并不是生来就那么亮
就像
拉卡西里的普米族
并不是生来就拥有光

胡海滨

羌族，1973 年生，四川省作协会员。作品见于报刊、网络等。出版文集《生命的断章》。现居四川黑水。

泪湖的蓝

天空的情书覆盖
湛蓝的云，像梦想的蓝图
飘来雨，不小心洞穿
汪汪湖面
周边的草，生机蓬勃

从天而流的泪
呈现一滩一滩的水
仿佛冲开冰川沉淀的记忆
一丝丝的岁月随波逐流
网住古老的念想……

湖中跃动的精灵
与秃鹰对搏
溅射的浪花
飘逸阿妈皮袄
灵动男孩一抹水珠
泪湖的蓝
蓝到深处，不敢下湖捕鱼

沙丽娜

女，回族，1966 年生。河南省作协会员。作品见于《十月》《星星诗刊》《诗选刊》《绿风》《椰城》等报刊，收录进多种选本。现居河南平顶山。

流水上的剪影

黄昏把黄昏交给山坡
山坡把山坡交给
青草。青草把青草交给羊群
羊群把羊群交给河流

河流却很安静
不慌不忙地把水交出去
交给碧空流云，交给树木鸟鸣
交给空寂，交给岸

岸上的牧羊人，挥了一下鞭子
所有的影子晃了晃
都随流水，走了

杨声广

侗族，1998年生，贵州黎平人，作品见于《诗刊》《大家》《诗歌月刊》《诗潮》《星星诗刊》《散文诗》等。曾获扬子江年度青年诗人奖等。

在地铁站

在城市的腹中，有一扇
准时抵达的门

那门尚未到来。无数张脸
已被玻璃拿走，你想象着脸的
背后——虚无的表情

但无法具体地描绘。一个空间
在那里等待它
"现在是安静的，适合倾听的时间。"

叮，有人从玻璃中返回
并清醒地凝视——
地标、恋人、低头族……
和一个兴奋的空盒子

王克金

回族，1961 年出生，中国作协会员。2014 年被列入《中国回族文学史》。诗作见诸报刊，入选多种选本。出版诗集《王克金的诗》，评论集《诗是这样产生的》。现居河北廊坊。

变色

雪是白的，但落在路边车头上的雪意
颜色却是暗的，在薄雪的车头上
有人写下了几个数字
其笔道，在路灯旁，透露出车身的黑……

朋友，把这几个显示年月的数字
及车头上的雪迹，拍给了我

他的意思是，时间已经到了这个节点
——雪，不再是白，而是银灰
白，在他摄制的影像里
在这个路边的车头上，成为隐约……

邓云平

白族，1966 年生，贵州大方人。贵州省作协会员。作品见于报刊、选本和网络，著有诗集《太阳符号》《不可治愈的痛点》、散文诗集《时间深处》。

县城及县城以北

我从西门进入，总从北门走出，
种植石头的地方。
乌蒙在上。沿着光的指引，浑圆，象形，透骨。
厚土之下。生于斯，潜于斯，隐于林。
剥离泥沙，不溶于水，演绎一条暗流河，
群山的物语，泥捏出水西萝卜。
然后，助农，扶持苍生。
以稗草的恣肆，治疗昏聩、赢弱、贫瘠，
笃定明天太阳升起。
水稻和高粱在田野失踪，
风吹的声音，仿佛阳光撞击窗帘，
一生不可多得的喜悦。
一百口井，一千张口，不舍昼夜。
第九大道的楼群烂尾，留下一张旧广告，
谁忽略了路灯的明亮？

柔然

原名李铁柱，怒族，1978 年生，云南怒江兰坪人。云南省作协会员。
作品见于《民族文学》《作家文摘》《边疆文学》等刊物。

燕子

天空灰色，矮了下来
电线紧挨着天空
我的目光紧挨着电线
大地厚实地贴着脚底

一只又一只燕子栖在电线上
他们似乎和天空说话和我说话

偶尔几只飞离电线的燕子
飞走又飞来
我脚下的大地颤了一颤

终将飞远的燕子
它们在秋之末，冬之初
有一些知，跟天空、大地、仰望的人说

马清影

原名马卫山，东乡族，1992年生，甘肃和政人。作品见于《散文诗》《草堂》《散文百家》《湛江文学》等，著有随笔集《夜引》《入梦》等。现居广东东莞。

回答

我在山上骑行
已是黑夜
我打开灯
光像一把长剑
把黑夜劈成两半
这就是我们所生活的
世界
光消失的地方
黑暗快速合龙

杨领

侗族，1990 年生，贵州石阡人，贵州省作协会员。作品见于《民族文学》《五台山》等报刊及入选各类选本。

群山和月亮

骑着车，在一条陌生的小道流浪
这种看不到头尾的路，也会有个弯
适合靠边

如果遇见河流，就更好了
停下来洗把脸，再洗个脚
流淌在石头上的水，有足够的冷
让头脑清醒

不用刻意对一条河道谢
它早在断崖之处，装满了群山和月光
年复一年

| 情境 |
须臾与永恒

2009 年，格萨尔被列入联合国教科文组织"人类非物质文化遗产"名录。《格萨尔》是关于藏族古代英雄格萨尔神圣业绩的宏大叙事，史诗全面反映了藏族以及其他相关族群关于自然万物的经验和知识。

2009 年，侗族大歌被列入联合国教科文组织"人类非物质文化遗产"名录。侗族大歌是贵州、广西传统音乐，至今已有2500 多年历史，是无伴奏、无指挥的侗族民间多声部民歌的总称。包括声音歌、叙事歌、童声歌等。

2009 年，黎族传统纺染织绣技艺被列入联合国教科文组织"人类非物质文化遗产"名录。黎族传统纺染织绣技艺是中国海南黎族妇女创造的一种纺织技艺，是黎族文化遗产中必不可少的一部分。

娜夜

女，满族，1963年生于辽宁兴城。著有诗集《起风了》《神在我们喜欢的事物里》《个人简历》《我选择的词语》《火焰与皱纹》。曾获鲁迅文学奖等多种奖项。现居成都。

书

谁丢下的书

空气抚摸它

到了秋天

会落上枯叶和鸟粪

雨水使它沉重

模糊

语焉不详

难以保持一本书的形状

回到书架上——

书房里的寓言

唐卡上的菩萨

夜深了

月光带着几颗小星星来到书桌上

——她在摇椅里大提琴在低音区

艾傈木诺

女，德昂族，1970年生，云南香格里拉人。中国作协会员。著有诗文集《以我命名》《苇草遥遥》《德昂的门》等多部。曾获全国少数民族文学创作"骏马奖"等。

四月之杜撰

雨点，天空的泪
自上而下。一直在我的伤口幽居
飘了多久，有没有遇见前世的樱桃
飘了多远，有没有过完今世的独木桥
殉葬的花朵，隐下四月的回光返照

四月，除了雨水
自远而近。需要一个虚构的根据地
悲时，收容我
喜时，等待我
不悲不喜时，让我埋锅造饭

春天的刀刃上，菩提是解构的密码
浮尘之中，你是我落魄的英雄
时光之箭，借一些用旧了的理由
杜撰你中的毒箭，落马
我抚摸你脸颊，泪如雨下

淳本

笔名淡若春天，女，苗族，1971年生，作品见于《当代》《作品》《诗潮》《星星诗刊》《诗刊》《诗歌月刊》等刊物及选本；著有诗集《汉歌隆里》。现居贵州凯里。

须臾

我这颗早起的露珠，当然没有水流那么长久
白云在四处野游，明月在天空终了
我们各得其所
虽然他们叫作永远，我叫作须臾
虽然你来看我，我就存在
你走了，我就得消失
虽然我的呼吸如歌唱，叫你的时候
有滴滴答答的水声
可是鸟鸣不够，流水不够呀
仿佛我与你一起的一生，就该那么短暂

张媛媛

女，蒙古族，1995年生。文学博士。诗作与批评见于《诗刊》《作品》《当代作家评论》《上海文化》等刊。曾获全球华语大学生短诗大赛奖、首都高校原创诗歌大赛奖、抒雁杯全国大学生诗歌大赛奖等，入选星星大学生诗歌夏令营。著有《耳语与旁观：钟鸣的诗歌伦理》等。现居北京。

家庭过山车

粉红钢骨，甜蜜的诱导
一丝丝牵引牙根
发胀的春天陷入指尖

你紧攥的手心里
有疾风逃逸

轨道在上，我将说出最缠绕的
誓言，引诱你加入
我的冒险

既定路线，侧身甩出
上升的弧线

请交给危机一分钟
无须找寻安居的巢穴

飞行的副翼滑向同心锁

离心力在收束！
停稳时，你给我答案

周幼安

女，满族，1997年生于辽宁锦州，艺术学硕士，诗歌与小说作品见
于《诗刊》《芙蓉》《钟山》《作品》《星星诗刊》等刊，入选多种
选本。现居上海。

晚饭后对饮

晚饭似乎不合胃口
你打开体育新闻，还能分心与我讨论
一部热播电视剧的暧昧剧本
两种咀嚼声，暗合两人握筷的节奏

平淡是小世界的秩序。表明我们
需要减速到状况之外，首先放弃惯性
训练过的身体。"过来喝两杯吧"
我打开餐边柜，你顺势放下遥控器

重新坐回我浩瀚的湖面。这瓶老酒
还是我好几年前，特意从外地带回来的
打开它，时间扎叠的走马灯
就戏剧般回旋：你扮刘伶还是杨玉环

才会有如此完美的弧形，次第盛开的脸？
我想我们向来是殷红色的，对视
像面前两盏酒杯，有好月常圆的香气
这份亲昵，又为何总在微醺后显现

念小丫

女，回族，1982 年生，中国作协会员。有组诗、随笔发表于多种刊物，入选《中国当代文学选本》《中国年度诗歌精选》《诗收获》等选本；出版诗集《裂缝中的光谱》。

没有更小了

你在前面慢走
我跟着你，踩着你的脚步
很久，我们没有相随而行
这一路有时你在天涯，而我一直守着小家
再往前走便是沙丘顶着明月

我的心细微如沙，但不懂
自己是怎样把明月从天涯等到家园的
你转过身不再向前
明月也从沙丘上悄悄离开
这一次你我之间隔着几粒细沙

刘达毓

笔名船子，朝鲜族，1999 年生，吉林松原人，吉林省作协会员。作品见于《星星诗刊》《作品》《江南诗》《诗歌月刊》《散文诗》《青春》等，偶有获奖。

灰春天

爱慕你泛蓝的灰眼睛，寂静
如哀渊，在这张古朴的湖面
倒映出一丛胆小的茉莉，落于你
洁白的肚皮，光洁似奶制品
有单纯并暧昧的香气，正当时
脚踏车游过，节气热，爱的门窗
已呵不出白雾，我们相顾，对
彼此沉默，都是春意的初学者
意在严肃，却有少年老成的轻熟
什么是禁忌，什么是不可以
你递来油彩，伸手示意
拇指要分几种颜色？都随意
接过手来，为你用细刷轻涂抹
偶抬眼，看你横卧，荷花瓣
粉白地展露，紧接着是你的十八岁
灰眼睛，灰春天，薄雪裹住的新蕊

扎西才让

本名杨晓贤，藏族，1972 年生，甘肃甘南人，中国作协会员，作品见诸报刊并被《新华文摘》等转载，入选多部选本。曾获全国少数民族文学创作骏马奖、甘肃省敦煌文艺奖、甘肃黄河文学奖等。著有诗集《当爱情化为星辰》等 4 部。

唯记

河水暴涨。从上游来的人，
抚摸我脸庞，赠我以纶巾，
顺便，带来了上游部落的消息。

河水暴涨。从下游来的人，
抱我亲我，又赠我以车驾，
顺便，带来了下游部落的消息。

我爱这来者的善意，
我在河边柏树下目送他们远去，
唯记抚摸、亲吻和拥抱，
胜过纶巾和车驾。

胜过那暴雨赋予河流的意义。

文西

女，土家族，1994 年生于湘西，湖北省作协签约作家，高校硕士在读。出版诗集《湘西纪》，散文集《冬日田野上的青草》，曾获扬子江年度青年诗人奖、华语青年作家奖、首届任洪渊诗歌奖等。

黑夜电话

你睡着了，电话一直没有挂断

我听到鸡鸣声

它们从通道里传来

鸡鸣声包裹你，将你托举

像举起睡梦中的婴儿

木屋里有一只火炉

童谣和语言已消逝

火光中只剩黑尘埃

我听见管道中的流水声

一辆汽车轧过铁片，震波

撞击我的胸口

那只鸡被地铁杀死

我悬浮在玻璃和铁中间

剥开我，你能看见

白趾骨在我身上发亮

我的肉柔软

这脆弱的部分

让我们距离很近

张政硕

满族，1994 年生，辽宁丹东人。文学博士，俄语文学译者，作品见于《青年文学》《诗刊》《诗林》《当代·诗歌》等刊。现居北京。

70D 与 80D 之间

感动常在，感动的源头是傲人的山
山巅冠雪，雪落得雪白，白过初乳
初乳绝美，抖动得绝美，你拆下
防抖的胸罩，一双白兔呼之欲出：

七十五，D，双峰，挺拔过山巅的游客
谁是游客？两脚四肢，或八个爪子——
似鱼非鱼，比乌贼和善，比章鱼精短
谁是游客？是雪的主人，黄过乳皮

沸腾的精华，记忆中少有，那不是动感的
少女大厅，感动至鼓胀，拍下细节之瞬
只需套装镜头。用二十二岁的触摸换取

二十三岁的鼓胀，再换得二十四岁的
器具，是情趣过后，亦可形容为责任无他
而后，揉搓推拿，孕育下一个常在的感动

周星宇

蒙古族，1995年生，辽宁阜新人，作品见于《长江丛刊》《星星诗刊》《延河》《脊梁》《辽河》《作家天地》等刊及选本。现居浙江嘉兴。

梦里该有什么内容

今天我还可以梦到你
但明天，必须梦点别的
就像真实发生的最后一吻，你指挥我
从梦的高潮中撤退

梦梦父母，梦梦草原
土拨鼠敦厚地站着
就像小小的土地神掐算着行经之人

还可以梦一个轮回，一个永远做不完的梦
没有醒来，没有出口
唉，做梦真是一件费脑子的事

或者我坦白，梦梦爱情
谁都好，但不能再是你
也不能有一点像你，最好是你的反面
我丝毫不爱的样子

郑朝能

笔名金戈，黎族，1983 年生，海南保亭人。中国作协会员。曾参加全国青创会。出版诗集《穿越时空的对话》《木棉花开的声音》《钓一池好时光》《橄榄集》。另著有散文集、短篇小说集、随笔集等。

火车向北

最期待的事莫过于
与你同坐在开往远方的火车
一路向北。铁轨之上，火车飞驰
微笑在飞驰。火车呼啸着穿过春天
穿过山岭，穿过平原，穿过美丽的湖泊
也穿过你的叫喊。然后抵达蔚蓝
抵达传说中的德令哈，一个边陲小镇
然后看雪山，看牦牛，看云一样白的羊群
然后在辽阔的草原仰望星空

最幸福的事莫过于
与你同坐在开往春天的火车
一路向北。你在，火车就值得赞美
火车是滚滚向前的激情，一个火热的词
火车是温暖，是祝福，是期待——
没有你乘坐的火车是黯淡的
没有你欣赏的风景是空虚的
火车向北也好，向南也罢
没有你微笑的火车一概与我无关

袁韬

苗族，1994年生，湖北利川人。作品见于《中国校园文学》《延河》《星火》《石油文学》《青春》《散文诗》等，曾获莲池文学·青年创作大赛三等奖等；现居湖北襄阳。

红色月季

逆着光，一丛红色月季具象了金边的记忆
暗影把皮刺抻长。瞧，多像时光伸出的利爪
一把就捕获了我额上的枯枝——

我也开始飘落了，那些试图摆脱重力的部分
其实，和你一样布满了棘刺
薄雾刚好掀开你的红骨骼，鸟鸣湿漉漉地——
更换了菊黄

在你唇上读出风帆，那是西风挂起未收的令旗
去争渡，去奔赴。直至那些落幕的影子
重新站起来，站在你狭长的锋刺之上

张敬成

蒙古族，1999 年生，内蒙古巴林左旗人。

雪霰，是的雪霰

急雪时你的衣服发出沉闷的
摩擦声，红色的俳句招牌
有水波犹豫，雪在身上，一年前
你也曾婉转过一把喉咙，在岸边，流萤
残缺映照影子的局部，局部是
时间的四分之一，冬
你衣服崭新，留守素白的一角
口袋里是温暖的创可贴，又一年前
还不知伤口为何物，垂钓的
你和湖鱼角力，线很细
银亮的带鱼的魂魄被你紧握
傍晚家门口，当你转动球状门把手，打霜的
柿子般的红手
那时天色也不算很晚，雾气还没呼出
我们还没有幽灵般的相遇

李看

原名李芸慧，女，回族，1997 年出生，江苏徐州人。作品见于《诗刊》《十月》《扬子江诗刊》《星星诗刊》《诗潮》《作品》《天涯》《诗歌月刊》等刊。入选江苏省作协"江苏十佳青年诗人"，江苏省文学院签约作家。

我爱的是纤弱的

我对所有纤弱、小巧的花草
都有着莫名的心动
通泉草、婆婆纳、酢浆草
哪怕它们的花朵只有一丁点儿大
也是满心欢喜地开着，心中的幸福
并不比牡丹、玫瑰、君子兰来得少
即使它们挤在一起
田边、地头、坟前，低低地推推搡搡
永远不知道庙堂之高，华灯初上
但它们知道旷野风的自由
知道行路人脚的沉重
就像我知道我跋山涉水走来
就是为了站在它们中间
开一朵属于自己的花，一起晃动

泉溪

原名熊家荣，哈尼族，1972 年生，云南墨江人。中国作协会员。曾参
加诗刊社"青春诗会"。出版作品若干，获奖若干。现居云南普洱。

一场雨隔开我们多年

那时天空晴朗
我们不紧不慢地走着——
晴朗，那是云南天空的颜色
我们像手心爱着手背一样
爱着云南的天空
天上装着云朵、飞鸟、雷电
还有顽皮地躲起来的星星

而多年后的一天
我们依旧爱着，面贴面肩靠肩
你突然转身。街道狭窄古巷幽深
一场雨从天而降。这场雨
隔开我们多年，我等在门外
你一直没有回来

潘梅

女，布依族，1987 年生于贵州威宁，贵州省作协会员。作品见于《诗歌月刊》《诗选刊》等刊，入选《21 世纪贵州诗歌档案》等。部分诗歌被翻译为英语发表。曾获"仙女湖"杯全国爱情诗大赛佳作奖。著有长诗集《大隐下司》《草美成海》等。

多美好

当我接收到一种讯号
它绵软、温暖、迟疑
却又能极速将我包裹

鸟鸣透过树荫的浓密走来
风被引领踏进竹林深深

嗯，我是不需要走过小桥流水
不需要万水千山之外
向你诉说春水蓬勃的

阿凤

本名义庆德，瑶族，1969 年生，广西富川人，作品见于《诗选刊》《飞天》《广西文学》《三月三》等刊。

半个月亮

坐在窗前
想象一些热爱的事物，一些
遥不可及的名字
缓缓的风，让日子一步步慢下来

对面的楼群还在生长
它不说话。无法领略时间的目光和颜色
影子孑然而立
成为夜晚不可隐去的点缀

隔着一盏茶，一本书
从春天深处飞出的涛声、音符、花朵
已钻入生活的每一条缝隙
越来越淡远

坐在窗前，我只是想知道
挂在天空的半个月亮
为何总带着诗意中的荒凉
不偏不倚
刚好照亮夜里被你一次次打开的信件

杨云天

布依族，1998 年生，贵州都匀人。广西作协会员。作品见于《星星诗刊》《扬子江诗刊》《诗歌月刊》《民族文学》等刊，曾获"抒雁杯"青春诗会暨全国大学生诗歌大赛一等奖等奖项，参加星星大学生诗歌夏令营。现居南宁。

圆

一朵花，安上名词的属性
才能穿上花衣裳

你是一个动词
我才不得不随风
走动

总只有我一人
你告诉我
孤和花，独和蕊
都是一个圆

因为每个人的抚摸
是等同的

王桂花

女，回族，70后，甘肃平凉人。作品见于《诗潮》《时代文学》《安徽文学》《五台山》等报刊。

树

崆峒山的半道上
两棵树，紧紧抱在一起
裸露于岩石的树根
交错。坚硬
攀缘而上时，彼此
让出一半的位置。又适时补上
另一棵缺失的部分

落叶纷飞，稀疏的枝丫
将法轮寺抬高了几分
循钟声而上的人，紧了紧衣襟
仿佛怀揣着一个春天

没有谁注意到，石缝里的两棵树
清瘦的身躯，向对方又靠了靠

花盛

本名党化昌，藏族，1979 年生，甘肃甘南人。中国作协会员，第四届甘肃诗歌八骏。作品见于《人民文学》《诗刊》等。出版诗集、散文诗集、散文集多部。

美仁草原

绿绒蒿开花了，似乎是一夜之间的事情
但我找不到。她们，藏匿于雨雾
存在于时光未知的领域
离我最近的一朵，被雨淋着，低头不语
她的倔强，高出草甸
她的孤独，高出世间所有的寂然
云以雨滴的方式，给予她短暂的明亮
而你我，都是流年过客
像一株绿绒蒿，一生只开一次花
像一匹马，暴露于草原之上
远远望去，天空低沉
无数叠加的草甸，像拥挤的人群
她们的孤独齐刷刷地，被雨淋湿
被风收割

吴天威

布依族，1991 年生，贵州荔波人，哲学硕士，中国作协会员。作品见于《民族文学》《诗选刊》《星星诗刊》《诗歌月刊》等刊，出版诗集《布洛亚田园记》，曾获贵州省文学奖等。

硇洲岛

没有一片云能遮挡辽阔的海
我站在海边的沙滩，浪花一起
一落，它们在起伏中拍向岸边的礁石

我走近春天的潮汐，走近故人梦中的岛屿
一年的忙碌终于要卸下来了

我的虚度不止于此，此刻我将静享大海一次
又一次的拥抱，海风卷起一群飞鸟
你深情地望着日出的方向，没有一片云
能遮挡火红的日出，人们掏出彼此的温情
献给陌生的硇洲岛，也献给深蓝的苍穹

我把沉默寡言的自己交出来，与路人交朋友
与这里的海风交朋友，掏空疲累的心
与大海诉说彼此钟情的秘密，这似乎是一场
近在咫尺的邀约，我们相逢恨晚。

王玫

傣族，女，1973 年生，云南普洱人。云南省作协会员，作品见于《诗刊》《民族文学》《草堂》《边疆文学》《滇池》《特区文学》等刊，入选多种选本。著有诗集《等一人电影》，小说集《普洱爱情故事》（合著）等。

命定之外

气象站打了雨弹
可天上的云
被风吹跑了
雨下在了别处
宛如一个命定的方程式
结果在预算之外

很多时候
我们祈求上天
赐予人类所有
可老天也有
把控不了的东西
譬如暗箱操作的风
譬如要私奔的雨

吕崎铭

本名吕布，侗族，1993 年生，贵州石阡人。作品见于《民族文学》《诗选刊》《草堂》等报刊。现居贵阳。

风自北方而来

风，自北方而来，结构作一场
有关告别的仪式
衰老，如脚下破土而生的藤蔓
在风的阵阵引诱下，占据她
光洁，白皙的肌体
哀伤，将此刻所有的哀伤
都嫁祸于时间
在风中独自永恒着的时间
能否明白，恋旧者的眼睛里
错综复杂的万千情愫
是相遇，是坚持，抑或
一个在镜中哀伤着的女人
风，主导了这场仪式
如温润的手掌轻抚过，那眼睛
待风过境，一切都在告别
都在静谧地消逝！

罗璐瑶

水族，1999 年生。贵州榕江人，贵州省作协会员。作品见于《山花》《诗歌月刊》《星星诗刊》《四川文学》《滇池》《作品》等刊，入选多种选本，曾获野草文学奖。现居贵州凯里。

拒绝隐喻

在一个个被谈论的日子里
我暗自拒绝隐喻
就像拒绝了无数个盛开着的冬天
让凛冽成为一把最骇人的利剑

推辞与人世间的对话，譬如
说了一万次的我爱你
不过是我内心有一条河流
而你恰有一叶小舟，想要顺势而上
撵过我的河堤

谢绝世上所有赋予的情愫
让冬天成为冬天，溪流返还给溪流
让我交还于自己，与所有的日子里一样
我拒绝第二次隐喻

黄光云

布依族，贵州册亨人。著有诗集《太阳祭》《道路》。作品入选多种选本。现居贵阳。

青春夜话

还是那么痴迷煎熬，那么刻骨铭心
十字路口。眺望远方，思绪飘荡
再往前，又是一个旋涡。遍地狼藉
温馨提示：坡陡路滑，防止火灾
季节帷幕，挂满新潮鲜花纹图
清晨在杂草丛里找到风吹散落的
月光碎片。美好事物是可以再现的
阳光倾泻。往昔惦念洞孔锈迹，清晰可见
一滴雨水拯救一片沙漠的时候
一同搅动了彩虹。雨中情，某种熟悉
身影的轻盈。随着雨水埋进岁月的河流
绕过村庄飘远。回到命运启航的午夜码头。
一茬又一茬青春夜话，如细雨绵绵，迷乱情网
有时候，情爱是一棵冬月玫瑰
周围难以自拔的人，成群结队，琴弦光影
决绝地依恋。爱意依旧孤悬

莫谨滔

1996 年生，壮族，广西河池人。作品见诸报刊。著有诗集《南方》。

月半二重奏

月下花，梦中花，花中花
花语盛开，牡丹身，平安果，数星星
未见轻叹年岁，云朵跟在后边
人间惆怅客偏偏也要急着花开、花落
没关系，下一个晴天有下一个路口
定有另一种柔情也是欲辩已忘言的
几缕小火，浮动的花瓣，前世与现世的
蝴蝶，模糊地飞，月的氛围好似凭空捏造
我的沉默正是仅存的蛛丝马迹
花月相交，近看还少一人，迂回而过
成为花影重叠，隐于月旁，徘徊的花香
一直还想做点什么

罗云

彝族，1993年生，云南昭通人。文学博士，中国少数民族文学学会会员。
作品见于《滇池》《边疆文学》《华中学术》《新文学评论》等刊。

当回首已成往事

擦肩而过之后，
像饮了一杯青稞酒，
浇灭冬月太阳的寒愁，
谁记住我莫须有的停留。

我嘱托晨风载去情意，
晨风去而未归，
你是赶不走的烦忧
是刹那间消失的海市蜃楼。

在此之前我是轻舟；
从此以后我是蜉蝣。

你如同忧郁这个词，
写到了云心口
融入了天尽头。

刘诚

土家族，1997 年生，湖北黄石人。作品见于《江南诗》《诗林》《诗歌月刊》等，现居上海。

红灯牌收音机

我们将往何处倾倒耳中的灰尘？
一个城市有何炼金术，它将收集
飞鸟的苦役，聚敛它们的磁性
红色电话亭在雨中站立，它静默
等待来电扣它心弦，随时做好
生长或移动的准备。看那鸟巢
在真实的巨石来临前，情愿让碎片
磨损自我，变成更小的碎片。夜色
稍后才降临。一个男人对女儿说：
走路别玩手机。说罢扔下一支烟头
追着踩熄，沿斜坡狂奔的火星

贺泽岚

女，苗族，1998 年生，贵州惠水人，文学硕士。贵州省作协会员。作品见于《民族文学》《诗刊》《作品》《散文诗》《北京文学》《西部》等。曾获全国大学生樱花诗赛一等奖、泰山·中国大学生诗歌大赛一等奖等。参加星星大学生诗歌夏令营。现居贵阳。

止水

你所理想的一切，率先认领生活的
意旨。所谈论的词句中春困
流淌，蔓延至水天相交的缝合处
就快抵达双眼过滤好的浪花

你伸手，搅动寡欢的潮汐
落荒的水珠成了惊慌的断壁
多么遥远啊。迭迭翻涌的日暮
孤绝如昨夜凹陷的喧嚣

夜色至今闭合，只有钟声乐于
平分每一粒肥瘦相间的琐事
水面按时掏出星河，浓稠月的
辉光，闪烁耀眼的时日

当你低过光焰拱起的深渊，会有
涓涓细流，照拂着低垂的星火

康俊

女，土家族，1998 年生，湖南张家界人。清华大学中文系博士，写诗，兼事批评。曾获朱自清文学奖、野草文学奖等。

玫瑰纪事

这对我来说是一种全新的生活：每周
订一束从花田采摘的玫瑰，亲手为它们打刺、
除叶、剪枝，在倒入深水的桶里将它们
唤醒，然后插瓶、摆放整齐。
每周都是，有时是香槟，有时是红袖、卡罗拉、
黛安娜，或奥斯汀，我记得它们每一朵的
名字，这比我看的任一本书都更有趣。
每天，它们都有新的变化，在平静的水里
它们各自热烈地开放，直到枯萎、皱缩。
一束花的生命就是一个自然的时间单位，
比我们的礼拜与周都更自由而规范。
我开始放弃数字的计时法，采用
花期，使每一个时刻都有它的生机与内涵。
它们的每一次蓬松、摇曳，或者垂落，
都向我暗示着必然的死亡与可能的
生存，并充满着对接替者的期许。
在这小小的轮回中，我暂时充当了
造物者的角色，负责安排它们的命运。
但在终点面前，向往，也是向荣，

它们内部的光鲜与纯粹，使我感到
羞愧。我以时间换取时间，而它们
用自身成为自身。

| 常情 |

隐喻与温暖

2009年，藏戏被列入联合国教科文组织"人类非物质文化遗产"名录。藏戏是戴着面具、以歌舞演故事的藏族戏剧，形成于14世纪，流传于青藏高原。藏戏原来流传于民间，后亦在广场或寺院中演出，并出现了舞台演出形式。

2018年，藏医药浴法被列入联合国教科文组织"人类非物质文化遗产"名录。藏医药浴法，藏语称"泷沐"，是藏族人民以土、水、火、风、空"五源"生命观和隆、赤巴、培根"三因"健康观及疾病观为指导，通过沐浴天然温泉或药物熬煮的水汁或蒸汽，调节身心平衡，实现生命健康和疾病防治的传统知识和实践。

2009年，羌年被列入联合国教科文组织"人类非物质文化遗产"名录。羌年是四川羌族的传统节日，于每年农历十月初一举行庆祝活动。节日期间，羌族人民祭拜天神，祈祷繁荣。

张远伦

苗族，1976 年生。中国作协会员。著有诗集《白壁》《逆风歌》《和长江聊天》等，散文集《野猫与拙石》。曾获全国少数民族文学创作骏马奖、人民文学奖、陈子昂诗歌奖青年诗人奖、徐志摩诗歌奖、谢灵运诗歌奖、李叔同国际诗歌奖、重庆文学奖等奖项。曾参加诗刊社"青春诗会"。现居重庆。

折叠星座的人

星空在稻田里找到了知己
七颗星被父亲扛在背上，放在田里
还像叩问命运那样
一遍遍地把上天拍出回声
银河没有边疆
在里面捞星子的人，最后
捡到几粒惊叫的谷子
从小我就很辛苦，背着整个星座
在人间行走，为了发光
成为第二个父亲
某日肩背开始疼痛，却不知
被陨星击伤的到底是哪里
父亲老迈，已经开始折叠星座
像把玩他的两个儿子那样
摊开掌心，转动着两枚恒星

黄芳

女，壮族，1974 年生，广西贵港人，中国作协会员。作品见于《人民
文学》《花城》《十月》《长江文艺》《诗刊》《上海文学》等刊。
出版诗集《风一直在吹》《仿佛疼痛》《听她说》《落下来》《黄昏里》
等。曾参加诗刊社"青春诗会"，入选"中国少数民族文学之星"，
获全国少数民族文学创作骏马奖。现居广西桂林。

那条河流

那条河流，我从未见过。

父亲总是在黄昏时分走向它
一根鱼竿，无数个
寂静的黑夜
有时，父亲带回几条小鱼
更多的时候
父亲两手空空，但
心满意足
父亲曾经说过那条河流——
夏天哗哗的大雨
如何迅速地在它上面消失
月光下，它如何缓缓地
漾动柔软的水草
守着黑夜的河流
父亲见过很多神秘的事，比如
身披蓑衣的无脚影子

比如河流深处的謇窭言语
父亲一一把它们写下来
——一条河流，带着消逝的事物
在乡村剧场开口说话
父亲去世前，风一般地走出家门
为自己选了一块墓地
"面北，正对着那条河流"

但那条河流，我从未见过

黑小白

原名王振华，回族，1979年生，甘肃临潭人，中国作协会员。作品见于《诗刊》《星星诗刊》《诗选刊》《飞天》《延河》等刊。入选多种选本。出版诗集《黑白之间》《黑与白》等。

只有一条路不会湮灭

前几天去看你，草有一拃高了
再过些日子，等青草和地里的庄稼一样高
我就看不到你了
但我能看见，草丛中
刚好容下一个人脚步的小路
从门口，一直通向你

每年，有很多路被改建成柏油大道
也有很多路重新成为山川的一部分
但我从来不担心，你身边的那条小路
被青草遮掩，泥土阻塞
抑或被岁月湮灭
每一条走向亲人的路
在人间都得以周全

木郎

本名杨勇,苗族,1985年生,贵州织金人。作品见于《诗选刊》《诗潮》《山花》《诗歌月刊》等刊,收入多种选本。曾获中国赤子诗人奖等奖项。现居贵阳。

育儿经之 80

我喜欢看你熟睡的样子,呼吸均匀
一起一伏就像山群——绵延至远方
这让我平静,焦虑者也被瞬间治愈
我喜欢看你奔跑,用尽全身力气
似乎半匹马也未必跑得赢你
这让我欣慰。世界正向你张开双手
我喜欢听你说话,一字一句
像棉花糖,像白云,像柔软的事物
虽口齿不够清晰,发音也不标准
但你的每一句话,胜过此生我读过的
所有最美的诗——语言是弯曲的
那被奉为圭臬的,正被我否决——
是的,我还喜欢看你认真玩耍的样子
看你哭的样子,看你娇嗔的样子
我喜欢你的一切,欢欣与疼痛
爱与恨,存在与虚无
我喜欢你的世界,胜过我自己的世界

唐旭

土家族，1980 年生，湖北利川人，中国诗歌学会会员，出版诗集和散文集多部。

埋葬

埋一座坟
就在村庄
打下一个补丁

埋十座坟
就在村庄
打下十个补丁

多年后，我在异乡行走
身穿缝满补丁的衣裳

魏巍

土家族，1982 年生于重庆酉阳，文学博士，西南大学中国新诗研究所、中国社会科学院文学研究所副研究员，主要从事中国现当代文学研究。

鸳鸯站在薄冰上

已经是寒冬
鸳鸯站在薄冰上
生活的下方是水
从下水道或者污水处理厂
汇聚而来的水
在阳光下干净地泛着蓝光的水

被驯化的鸽子
高高在上，正襟危坐
监视着湖面的一切
寒风吹着鸽子
也刮着薄冰上的鸳鸯
但鸽子是幸福的
他们有鹰隼吃剩的残渣

有鹰隼在空中盘旋
饥饿的时候
他们就以鸽子为食
夺命的鸳鸯站在薄冰上

偶尔也会献出自己的小命

鹰隼以鸽子为食
偶尔也打家劫舍
鸽子用鸳鸯的羽毛御寒
偶尔也争抢它们的食物
只有鸳鸯
苦命的鸳鸯站在薄冰上

肖炜

1994生于贵州毕节，彝族，文学博士。作品见于《诗刊》《江南诗》《诗林》等刊。居贵阳。

在魏公村送别前来探望的父亲

当你被落日下的树影遮盖
我仿佛看见你的骨在熊熊燃烧
你摇摇欲坠的牙齿会是一枚种子吗
等待果实坠地，就像等待老的鹰取下它的喙

夜晚必须到来了，而我必须不断后退
直到你完全隐没在，你不断回望的目光之外
暗色竟然灼人起来
曾经这条街道，也许正是你的福地
而你漫长地选择，最终选择了我

你将你的愚笨也带给了我
是的，连你也无法告诉我答案
仅仅四个小时后
我便孤坐于一片浩大的中原

唯有酒，你血管里的酒流入我的身体
你的义气成为我的义气
你的梦藏身我的梦里

我会是你的谜底吗
或者多年后，我会成为你的影子
捞起太阳的灰烬
抹向他的额头

绽愈

回族，1993年生，青海循化人，作品见于《星星诗刊》《当代·诗歌》等刊。

十月

你从彩超看见
一只海马在发芽
沿着你的血脉
你开始丢掉自己
双手捧着，盼着我踢踢腿
一个裹满爱的女人的羊水里
我肆意激起浪花
听见你说晚安
反复想象你的模样
哦，妈妈
很快我们将相遇
在你的血泊
我能带给你的
只有一声啼

拉玛安鸽

原名李凤，女，彝族，1987 年生。云南省作协会员。作品见于《人民
文学》《诗刊》《民族文学》《北京文学》《星星诗刊》《四川文学》
《边疆文学》等刊。曾获滇西文学奖，作品入选中国作协少数民族文
学重点作品扶持项目。

古老的隐喻

地理的创伤
被牧羊人数进羊群
沉默爬满菌类和熔岩

无人认领的故乡
从口袋里，倒出
形状不一的名字

晾衣架的外套
慢慢收敛
斗牛士般的戒备

哑者的唇语
早已隐喻
窗外赴死的鸟群

母亲说：

梦中的人是鬼
不要把他的苦
一直含在心里

洪君植

朝鲜族，1966 年生，黑龙江宁安人。出版个人著作 80 余部，曾获国内外诗歌奖若干，作品多有译介。美国《国际诗坛》杂志出品人，纽约新世纪出版社社长。现居纽约。

路

那天我躺在
年过古稀
常常糊涂的母亲身边
我们顺着天花板的壁纸纹路
无声地走着
我握着母亲的手
母亲握着路头
并肩走着
母亲走累了闭上眼睛
窗外胡子都没刮的
鱼肚白
叫了一声，儿子

你谁啊
母亲先睁开眼睛
摇醒了睡着的我

外头又响起
多管闲事的狗叫

葡萄妹

本名古丽斯木汗·吾斯曼，女，维吾尔族，1987年生，2023年开始汉语创作。新疆作协会员。诗歌、小说、散文等作品见于《吐鲁番》《塔里木》《美拉斯》《阿克苏文学》《吐鲁番日报》《诗刊》《天山》等报刊。现居新疆吐鲁番高昌。

馕坑和杏树枝

后院
我正在给馕坑加火
杏树的一根树枝向着馕坑的方向生长
火熊熊燃烧
那根树枝摇动起来了
我想它该割了
婆婆出来
帮我搬柴
她一看杏树枝
说，明年该移开馕坑了

王更登加

藏族，1978年生于甘肃天祝，甘肃省作协会员。作品见于《诗刊》《星星诗刊》《文学界》《民族文学》《西藏文学》《诗歌月刊》《诗潮》《飞天》等刊及多种选本，曾获黄河文学奖、甘肃省少数民族文学奖、"东丽杯"全国鲁黎诗歌奖等。

江边

芦苇在风中
渐渐白了头
江水从底部缓缓流过
并不发出声音

苍苍白发的芦苇
我想起：母亲！

芦苇：金黄、温暖
瞬间轻轻包围我……

薄暮低空，那只纯白江鸥的出现
仿佛是命定的事
它的投影在幽暗水面是一道弯曲的闪电
照亮心底淤积的黑暗
而它清澈的歌声，仿佛是在这个深秋的静谧中
推开的一扇明净小窗
够我窥视一些遥远的幸福

李茂奎

苗族，1967年生，贵州天柱人。贵州省作协会员。作品见于《民族文学》《青春》《文学港》《奔流》《星火》《民族文汇》等。现居贵州凯里。

在家乡，树都是亲人

乡亲们不记树的品种
只记得能给自己带来幸福的树
麻栗树烧的炭
能把骨头的冷，烤出来
杉木树修的房子
能拒绝风雨和凛冽
板栗树结的果实
能填住饥饿
油茶树的油籽榨的油
能产生人间烟火
柿子树上的柿子
能让人看见火红的秋

甚至那些无名的树
都可抱在怀里
让人放心地亲

漫山遍野的果树啊
都是可以任意用力摇晃的亲人

拉玛伊伽

彝族，1995 年生，四川会理人。现居成都。

父亲与遗失

父亲

怎么讲父亲呢
其实没什么可讲的
我和他一样
不善言辞

遗失

今天的阳光很好
看着天空的白云
好似祖先在旷野中丢失的羊群
不知道在不久的将来
我们会遗失什么……

哈默

本名汪春霞，女，东乡族，1973 年生，甘肃东乡人。作品见于《中国穆斯林》《人民文学》《民族日报》等报刊。出版诗集《我的东乡》。现居甘肃临夏。

雪

一场大雪
终于落下
我们忘却了
疫的痛
爱的伤

春在深雪里耕种
我们从烦乱中起身
渴望一场雪醍醐灌顶
洗净心中的污泥

渴望啊
渴望被一场雪
湿漉漉地淹没
湿漉漉地奔向春天

杨犁民

苗族，1976 年生，重庆酉阳人，中国作协会员。曾获全国少数民族文学创作骏马奖，入选《21 世纪文学之星丛书》《中国少数民族文学之星丛书》。著有散文集《露水硕大》、诗集《花朵轰鸣》《大雨如瀑》。

夜晚遇见一只蜗牛

它的触角，肯定是世间最敏感的天线
此刻，正和外星沟通信息

婴儿般的肉体，比一颗心，还要柔软
令钢铁，也不忍砸下，不敢坚硬

每一步，都小心翼翼，闻嗅
试探，缓慢地蠕动
仿佛宇宙，也要替它停止运转

但它也有硬硬的外壳，拖着它
像拖着沉重的命运，分不清
哪部分是肉身，哪部分是灵魂

这个繁星满天的夜晚，我和一只蜗牛相遇
构成一个重大事件，庭院，一下子
宽阔几许，星空也因为一只蜗牛，成了
一座更加宽阔的庭院

微风吹过一根草茎，有轻微的战栗

马泽平

回族，1985 年生于宁夏同心。中国作协会员，作品散见于《诗刊》《人民文学》《十月》等刊物。曾参加诗刊社"青春诗会"等。著有诗集《欢歌》《上湾笔记》。

妻子

在人群中我只跟熟人打了个招呼
就再也不想说一句话了
我的妻子告诉我，晚饭准备啃面包，那种唱片形状的面包
我没有回复可以，也没有回复不可以
……已经没有生活的新鲜感了
我想我遇到的可能不仅仅是这个难题，还有很多，比如
如何组装一套汽车模具
如何在钟声响起之前，给一本小说写完批语
但妻子毕竟是善良的
她带我听宗次郎，现在又告诉我面包可以抵御忧伤
我百无一用
听着，老伙计，我可能需要许多个妻子
可能需要莫斯科的、柏林的、巴黎的，或者君士坦丁堡的
妻子。替我在通往楼阁的险途中
搭起一架木梯

刚杰·索木东

又名来鑫华，藏族，1974 年生，甘肃卓尼人。中国作协会员。诗歌、散文、评论、小说等作品见诸报刊，入选多种选本，被译成多种文字。著有诗集《故乡是甘南》。现居兰州。

闪电

三十年后，当我赶回出生的地方
车在熟悉的幽暗里缓慢爬行
万籁俱寂，分明能够听到
千里之外，粗重的呼吸
仿佛奔赴一场没有尽头的约会

初生婴孩的第一声响亮哭泣
像一道闪电，划破苍穹
把低矮的窝棚、陈旧的栅栏
跪地而卧的牛羊，近旁
这丛马兰蔚蓝色的翅膀
和深陷暗夜之底的那盏心灯
逐一点亮

肖筱

女，土家族，1971 年生，湖北长阳人。作品见于《民族文学》《北京文学》《大西南文学》《长江文艺》《芳草》《散文百家》《边疆文学》《长江丛刊》《中国诗歌》等期刊，入选《新时期中国少数民族文学作品选集》《〈散文百家〉十年精选》等多种选本。

山坡上那些提灯的人

一些人在山坡上挖坑
另一些人围着，在看他们挖坑
坑，是坟坑
即将下葬一个 83 岁的老妇人
看挖坑的人说笑着
通过说笑，给挖坑的人鼓劲
挖坑，不是件轻松的事情
——坑如此深，再也听不到回声
在他们的说笑里
生，是一团匍匐的影
死，是一盏熄灭的灯
挖坑的人，看挖坑的人
都是一些还提着生命之灯的人
但他们还无法预知
自己的这盏灯，多年后
是被风吹灭
还是将油燃尽

幽云

本名牟强，蒙古族，1983 年生，内蒙古扎鲁特旗人，作品见于《青年文学》《星星诗刊》《诗选刊》《扬子江诗刊》等并收入各种选本。著有诗集《初秋的雨》。现居北京。

微茫之光

每次送别亲友
当汽车尾灯，渐渐消融在夜色里
总会想到父亲
那些年，他常在群星酣睡尚未醒来时
一手牵起年幼的我
一手提着马灯
走入草原去寻找几匹迟归的马

那微茫之光
如同一枚小小的铁钉，慢慢楔进黑夜
仿佛直到今天，我们仍未停下过脚步
从未抵达，也从未返回
依然在尘世的暗影中小心翼翼地走着
而父亲仍旧一手牵我
一手提马灯，草叶在大地上
投下锋利的阴影，我们每迈出一步
都要踢开无数把刀子

果玉忠

彝族,1984 年生,云南牟定人,中国作协会员。作品见于《诗刊》《民族文学》《星星诗刊》《诗潮》等刊,收入多种选本。出版诗集《状物之悲》。现居昆明。

锦缎——给妻子

犹如湖面倒映白玉兰花儿,它也倒映
空中飞鸟,一朵朵或者一簇簇
我们借用这人世,互为风景,成全
镜中的生活,早已被拆穿
这世界正一天天变得狭小,零碎
更多的物什像风中的沙粒,难以紧握
庆幸的是,尘土中的手始终握着——
穿过生活之镜的幻象和风沙,握着
我们走动,成为他者的陌生人或风景
若镜面倒影锦缎,是我们对望的余光

廖洪飞

壮族，1998年生，广西武宣人。作品见于报刊。

在路上

我在路上终日劳作，如果风有灵魂
风会感受到我的爱
路边的花朵，因蝴蝶而幸福
我因前方而幸福
我曾为一缕阳光赞美灰尘
甜蜜的梦想，给我不惧摔倒的力量
风景与危险同在
我为幸运而感恩
我的影子印在落叶上，秋天的味道
在风中弥散着。我看见山
看见水，看见人间
人间一如既往……
我踩过数不清的坑坑洼洼
路灯照亮积水。水中闪过一双
美丽的眼睛
我留下的脚印将收集下一季的雨水

向连超

笔名古司拔铺，土家族，1971 年生，湖北恩施人，江西省作协会员。作品见于《青年文学》《星星诗刊》《莽原》《星火》等，入选多种选本，有获奖。现居江西景德镇。

流水辞

清江流到柳池，不声不响，好像
没有什么好说的了

就像那时的父亲，吸一口烟，咂一口酒
直到落日落入二墩岩，直到月亮
落入二墩岩

那时父亲的母亲，日子已经摇摇晃晃了
那时父亲的四个孩子，尚未长大
那时父亲的父亲，只留下几句遗言
在河里翻着泡沫

现在，我的母亲老了，我的女儿大了
父亲和落日一起，落山了
我知道清江为什么，到这里不言不语了

你知道为什么，我如此沉默了吧？

羊子

本名杨国庆，羌族，1968年生，四川理县人，中国作协会员，国务院
政府特殊津贴获得者，作品见于《人民日报》《文艺报》《诗刊》《民
族文学》《北京文学》等报刊，入选多种选本。出版专著10部。现居
四川汶川。

献诗

顺着雨丝，爱情渗进大地心怀
一只画眉站在窗外的枝头上
向另一只画眉倾诉皎洁的岁月

山中，目光想念心香的时候
时间宛如打开的水龙头
白花花的青春，沸了一地

远方，依然飘来歌声与祝福
这五月的樱桃，红得如心
在丝绸一样华丽的天空下

一缕风，送来蝴蝶的消息
翩跹，流连，滑过阳光的琴弦
满树叶子掀起大海的波涛

阿别务机

彝族，1995年生，云南宁蒗人。云南省作协会员，《中国校园文学》
签约作家。

黄昏

一抹夕阳横切迷雾的山冈
狠狠一刀，把思念切断

大雁归巢，夜逐渐深入
读黄昏，等于读天空的苍茫

历尽沧桑，将月亮扯下来书写
天空静谧，盛满箩筐情绪

思念泛黄，大雁飞向天边
迷雾遮住山冈，群山跟着黑起来

韦桥送

壮族，1979 年生，广西桂林人，广西作协会员。作品见于《中华辞赋》《诗
歌月刊》《诗潮》《绿风》《延河》《芒种》《鸭绿江》《广西文学》
等刊物和多部选本。

现在的春天

哪怕一棵小草，一朵小花
都令我动容
更别说春天醒来
挤满目光中的每个角落
呼唤我们的名字
声音郁郁葱葱

甚至一块石碑，以及
凹刻的文字
都想要还原生命的样子

我不喜欢的布谷鸟也会来
唱着我唱的歌
重复一个词语和音调

我怀念的春天
在找寻的脚步里不断扩大
在记忆的遗失里不断缩小

查干牧仁

本名韩治文，蒙古族，1982 年生，作品见于《人民文学》《民族文学》《诗刊》《散文诗》《飞天》等刊，入选各类年选。现居吉林松原。

好像是我，也像是他

父亲还是会来梦里看我
这一次身在少年
身上的衣服我也穿过
衣角里掖着一枚硬币
他捏着低头不语
后来走出大门，轻得没有脚印
路上空荡，他茫然，四顾
而后消失于空

再来时，帽檐压得很低，看不清模样
月光变暗，他也迅速衰老下去
衣服渐渐宽大，衣角的硬币不见了
他用它打通了人世，而后更轻
浮于人世之上，梦里月亮坠落
发出硬币掷地的脆响
醒来后，四顾，而怅然

卓玛木初

女，藏族，1998 年生于四川阿坝。入选星星大学生诗歌夏令营。高校学生，现居拉萨。

温暖

晨雾并未完全散去
八廓街仍被折叠在古籍中
松柏枝递进煨桑炉时
有烟雾升起

远处山峦，擎着积雪
终年透彻寒意
电话那头传来祖母病愈的消息

阳光还未完全照耀
阳光已然让人欢喜

和四水

白族，1966年生，中国作协会员。作品见于《民族文学》《文艺报》《边疆文学》《滇池》《散文百家》《星星诗刊》等报刊。出版诗集《闪动的泪花》《我在城乡的路口等你》《魂之秘》等多部。

送父亲上山

过完年了，回你的高楼吧
我这样说
就像当年，你站在垭口
跟我说，回学校吧

因护林防火，不敢点燃的红蜡烛
是送给你的一对红对联
寂寞时，你把它点燃
据说，烛光会穿越阴阳

这里是你的佳域
那棵小青松长高了，它不知道
四季轮回。叶子还那么绿
这样很好，不再苍凉

生前，你说父子要像朋友相处
今天，该是情人般相依
一颗心，默默地紧挨着
一棵青松

李贵明

傈僳族，1978 年生，云南迪庆维西人。著有诗集《我的滇西》《滇西的脸谱》，翻译长诗《祭天古歌》，作品入选多种选本。曾获全国少数民族文学创作骏马奖、云南少数民族文学创作精品奖、云南文艺创作基金一等奖等。

孩子

众草中禅坐的孩子
马匹在另一个世界
可以触摸到蹄铁上的锈迹
时间的寂静回声
土地之外的一切都是暂时的
一切都没有真正的本质
草族疯长
轮回的孩子端坐如仪
由一种变换的安静
到达自由。
眼球的黑到云朵的白
他经历俗世的一生
童贞的孩子
心中没有界限

龙翔

彝族，1973年生。作品见于《人民文学》《绿风》《散文诗》《文摘报》等报刊，多有获奖。现居贵州六枝。

晒坝

村里的老人
一茬接一茬减少
晒太阳聊天的话题
也越来越少

晒坝的青石板换成了
水泥坝子，每到春天
坝子边齐刷刷长满
野草野花。成为季节里
爱听故事的孩子

空荡荡的晒坝上
讲故事的人总是缺席

桐雨

本名吴利英，女，仫佬族，1978 年生，广西南丹人。中国作协会员。
作品见于《民族文学》《儿童文学》《中国校园文学》《广西文学》《福
建文学》《山东文学》《诗选刊》等刊，诗集《风的形状》入选中国
作协《中国少数民族文学之星丛书》。

她们是成熟的蒲公英

有时，她们坐在廊檐下
在那片阴凉里　沉默
嘴里偶尔吐出几个词
回应或不回应
都很正常　毕竟
八九十年的风霜
把她们的感官
磨砺得越来越迟钝

有时，她们走进阳光
晒一晒背后的影子
满头的银发微微拂动
像一株株成熟的蒲公英
仿佛一阵风
就能把她们瓦解　吹散
然后消失

周仕秀

女，仡佬族，1979 年生，贵州石阡人，作品见于《贵州作家》《贵州日报》等。

记忆

紧握双手
还是漏掉
最重要的部分

就算十指交叉
或重叠
也抓不住纷飞的叶

老牛和狗
在一根线上越扯越远

有些事
不能提及

我瘦弱的身体
被故乡
拉成一条长长的河

我们时代的民族诗歌

童七

我赞同赵卫峰关于《中国少数民族诗选》的编选观念及出发点。譬如，在当代少数族裔同胞与汉族之间写作的鸿沟已经很小，狭隘的民族性在当代的诗歌写作中是值得被重新考量的因素，因此，这个选本没有按照地域组别和年龄等方式编选，而是朝向诗歌本身，从题材和内容上来进行分类，分为了城乡环境、爱情、个人情感情绪、亲情、山水乡土风情等方面，并单独设置了年轻的"00后"部分。

纵观整个当代诗歌的写作，会发现，在全球化语境下，诗歌内容的同质化已经是一个显在的命题，也是问题。以代际为标签的诗歌写作中，或多或少都可以看到一些人类共通的话题，那萨诗歌中触及的中年，"顺应一切变化和因缘／这是中年带给我的最高秩序"（《中年》），这是超越族群而直指人类社会生活的重要命题；再比如"考研"是当下年轻人生活中一个难以绕过去的部分，从社会大背景来看，这显然是真正的时代特色，全民大学生的时代过去之后是全民研究生时代的到来，无论是否为真正的个人意愿，类似"考研""考公"的升学、职业选择已经成了这个时代年轻人的话题之一。社会经济皱缩的当下，职业选择亦是普遍单一化，无论是什么民族的成员，在共同体语境中已经很难彻底地摆脱这些时代赋予人的特殊生活记录。

与此同时，高学历在少数民族诗人中的比例升高，很现实地提升了民族写作者的文学素质。就这个选本中的诗人简介看，硕士和博士在"80后""90后"中已经有批量出现之势，他们的诗歌阅读背景与世界接轨，这些同仁的诗歌写作起步很高，诗歌技艺也渐趋成熟和稳定。正因此，过去很多年存在于当代民族诗人身上的所谓民族性标签正在被冲破，绝大多数是人所面临的写作话题正在趋于同一。并不是说诗人们因此就丢掉了诗歌中关于族群文化与地方的独特性，相反，全球化驱使文化同一的背景之下，也有一部分诗人在内心升起了某种取自本土文化的写作意识，由地方性生发出的广义民族性让"民族文学"有着联通世界文学的雄心。

地域／地方是众多写作者写作的出发点，我们会看到福克纳一方邮票大小的地方，也会看到马尔克斯笔下的马孔多仍然是世界文学史上最有存在感的村庄，地域／地方塑造了写作者，而写作者也反过来反哺地方文化，这在任何时期的文学写作中都不可忽视。彝族诗人鲁娟笔下的树林与井水、白族诗人冯娜笔下的雪山、佤族诗人张伟锋笔下的山脉与佛寺、哈尼族诗人莫独笔下的村庄与燕子、藏族诗人琭迦·白玛笔下的山神与杜鹃、满族诗人里拉笔下的草原与马……这些诗歌中大量描绘了具有地域特色的自然景观和人文环境。

作家对地域／地方的书写并不是流于表面的对地方文化的歌颂与赞赏，诗歌的独特性在于诗人会发现一方别人未触及的天地，而一些地方性的文化崇拜能让本土诗人区别于其他诗人。珞迦·白玛的《山之神的眼》中，石头被视为山神额头的眼睛，具有灵性；买丽鸿的《雪花沉睡》中，北方的风、草原、雪花等自然元素被赋予了深刻的情感与象征意义。中国自古以农耕文化为主，人们对自然的崇拜自古而然，崇拜的另一面是人类对自然的敬畏，反映在文化中是"万物有灵"自然观，这种自然观念被运用到文学之中常常有出其不意的效果。"万物有灵"观念也在一定程度上影响着地方宗教文化，具体表现则是诗歌中常常杂糅了神秘性，如张伟锋的《暮色中的行吟》中，"在破旧的佛寺里／那个形单影只的老和尚／闭着双眼，念着只有自己才能听懂的经书／仿佛万事与他无关"。老和尚念诵的经书，以及诗人对"万事与他无关"的超脱感，体现了宗教对精神世界某种程度的影响；撒玛尔罕的《默读》中，对秃鹫、藏獒、寺院等元素的描写，浓厚的宗教氛围与自然中的事物共生，创造了一幅圆融美满的默读场景。在对地域／地方进行书写的过程中，怀旧仍然是亘古不变的主题，很多诗人通过对传统习俗、生活方式、神话传说的描写，展现了民族的集体记忆与文化传承。如高璐的《族群》中，对咂酒、洋芋糍粑等传统食物的描写，展现了地方文化在个人身上的烙印；扎史农布的《当年在明永》中，对童年生活的回忆展现了民族传统生活的质朴与美好。

自然物象仍然是地方性诗歌书写中的常客，在此选本中有"雪山""草原""河流""森林"等，诗人用独特的个体情感融化自然物象的坚硬，在诗歌的静谧与舒展中展现自然的壮美与神秘。例如《山之神的眼》中"一块石头是镶嵌在山之神额头的眼睛"，将自然赋予了神性；《天山之雪》中"大雪封住过去年月"，通过对雪的描写，传达了时间的流逝与生命的静谧。同时，诗人们擅长借用源自《诗经》的赋比兴手法，借助自然元素，如水、风、山、雨等意象来传达情感和思想。例如《水面上漂着亮光》通过"风""山坡""阳光"等意象，营造出一种宁静而深邃的氛围；《风在拐弯处》以"风""萤之光""牛蹄里的清水"等意象，展现了自然与心灵的交融。

情感是人类永恒歌颂的主题之一，在这一选本中体现得很充分，其中书写亲情和爱情的篇幅占大部分。亲情是贯穿人类情感的核心主题之一，诗人们通过对父母、子女、亲人之间的情感纽带的细腻描绘，展现了亲情的温暖、复杂与永恒。张远伦的《折叠星座的人》中，"父亲老迈，已经开始折叠星座／像把玩他的两个儿子那样／摊开掌心，转动着两枚恒星"，父亲与儿子之间的关系被赋予了星座的隐喻，一种传承与命运的交织铺展开来；肖炜也在诗歌中写到了自己的父亲，这是一幅送别图，"你血管里的酒流入我的身体／你的义气成为我的义气／你的梦藏身我的梦里"，离别的场景之后，诗人看到的是父亲在自己身上的血脉延续。总体而言，亲情类的诗歌更容易在情感类题材中出彩，这源于人类伟大而永恒的情感。

乡愁作为一种情感的延伸，体现在对故乡自然景观、风土人情的怀念之中。如黄芳的《那条河流》通过对父亲与河流的关联描写，隐喻了对故乡的思念与对父亲的缅怀；王更登加的《江边》以芦苇和江鸥为意象，勾勒出对母亲的思念，同时也隐含着对故乡的眷恋。当下所处的时代是剧烈变革的时代，也是个体主义与女性主义觉醒的年代。在这样的大背景之下，现在的人们在过去的某些人生必选项上有了更多的话语自主权，比如爱情与婚姻的选择。源于此，当下的时代并不是一个爱情至上的时代，爱情诗的存在显得格外珍贵。艾傈木诺的诗歌《四月之杜撰》中，"你"的存在来自诗人的虚构，抒情客体的非真实性也化解了"爱情"的真实性，这个选集中的爱情诗的确具有和此诗相似的特质，种种迹象似乎都在印证爱情诗在当代的式微，一种没有明确对象的泛爱观取代了浓烈的情诗意蕴，如扎西才让诗云："我爱这来者的善意"、周星宇"或者我坦白，梦梦爱情"都是这种泛爱观念的体现。虽然爱情诗的式微让人心生遗憾，但并不是说这个时代真的没有爱情诗，选本中周幼安《晚饭后对饮》中"平淡是小世界的秩序"，文西《黑夜电话》："这脆弱的部分／让我们距离很近"，以及金戈《火车向北》中"你在，火车就值得赞美"等诗句仍然在呈现着爱情或平淡或浓烈的美好。

现代性是当代文学逃避不了的话题，在以民族／族裔为背景的诗歌讨论中，现代性更容易被地方／地域所覆盖，赵卫峰及这个选本的编辑们有意识地触及了这一严肃的命题。何光顺的诗学理论把城市书写作为诗歌现代性的主要聚焦点，如果我们沿用这一理论会发现，这一版本的少数民族诗选中有很多诗歌都描绘了城市的喧嚣与快节奏生活。郗磊的《地铁》通过"地铁""隧道""广告牌"等意象，展现了城市的繁忙与孤独；杨声广的《在地铁站》则通过"城市的腹中""准时抵达的门"等，表达了对城市生活的反思。城市生活的孤独与疏离也是现代性问题之一，马勋春的《狂想曲》中"城市是一个大的橱窗""过时的商品"等意象，表达了对城市生活的疏离感；野老的《夜晚的朗诵者》一诗通过"语言的差异"以及"带着浓重的方言，在朗诵／这座城市的伟大诗篇"的对比来诉说个人与城市之间的格格不入所带来的孤独感。

也有一些诗人在乡土和城市之间进行思考。拉玛伊祖的《打工谣》表达了对乡村生活的眷恋与对城市生活的无奈；邓云平的《县城及县城以北》则通过"县城""县城以北"两个相连的地点展现县城的变迁与个体的困惑。现代性是人类面对的问题，身在现代社会中的现代人仍然在寻找个体在城乡之间的身份认同，例如韦廷信《北礵岛的羊》一诗中"看海的羊""雕像凝固的世界"等意象，表达了对城乡之间身份认同的困惑；吉伍依作的诗《远一点好》通过"远处的山腰""一片坟墓"等意象，展现了对城乡差异的深刻感悟。现代性给人带来的生活变动之下，诗人们对故乡的眷恋与思念是非常重要的主题。例如岩温香《心头的那颗种子》中"稻谷""种子"等意象，把眷恋伸向了乡土；韦君予的《老家所见》通过"父亲的青春"、贴在墙上的照片等细节，展现了对故乡的思念。其二是对城市生活的适应与反思：一些诗歌反映了诗人们对城市生活的适应与反思。例如邝婉婷《鸽邻》通过"鸽子""窗台"等意象，展现了对城市生活的适应与温暖；王克金的《变色》则通过"车头上的雪""路灯的明亮"等意象，表达了对城市生活的反思。

除却可以被当作经典学术课题探讨的写作主题之外，这个选本中有不少可以脱离民族／族裔等特征单独拿出来作为纯粹的"当代诗歌"进行讨论的诗歌文本，这些诗歌包括但不仅限于吴群芝《影子没有回声》、宁延达《让飞翔的事物归于安静》、张光昕《戏水顽童》等，在我看来这些诗歌不仅仅在时间上完成了一首"诗"的写作，更在写作中完成了诗歌的空间塑造。吴群芝《影子没有回声》一诗写了什么是难以概括的，但正是这种"难以概括"成就了一首诗，一首诗对世界真正的贡献在于它需要提供一种别人未曾见过的世界，哪怕这个世界是瞬息的，这是诗人和诗歌的责任，"离奇……倒影立在水中"给读者带来的思想的延宕难以被言语表述，这种难以言喻又延绵不绝的感觉正是诗的特征之一。宁延达《让飞翔的事物归于安静》一诗同样如此。"山脚聚集了好多乌鸦／阳光将手的投影戳在它们身上／像敲击似是而非的键盘／留下的诗句是什么／如果它们不飞走 或飞走"，前两句"山脚聚集了好多乌鸦／阳光将手的投影戳在它们身上"是实写，第三句诗是在现实之上的飞升，从太阳下的鸟群飞升到用于写作的敲击中，"留下的诗句是什么"是对诗人自己的诘问，看起来有些拗口的回环中一个书写的空间被营造出来，诗歌就超越了单一的主题具有了诗之所以为诗的永恒性。

吴群芝和宁延达的无主题之诗极具创造性，张光昕的《戏水顽童》中的创造力则与他们不同。《戏水顽童》是一首小长诗，挪用自小说文体的叙事策略让长诗的主体内容连贯圆满，时间处理上的跳跃性又有效地消解了叙事带来的文体压力，从而让整个文本充满了跨文体的张力。这首诗体现了张光昕对诗歌语言极好的掌控能力，以及诗歌技艺与智力的完美融合。说到这里，不得不提这个民族诗选中存在的跨文化属性。全球化的到来带来了当下人们生存环境的极大变动，上文说到的学历的大幅度提升是一个明显的例子，经受了越来越多高等教育的当代青年身上或多或少都有跨文化特质。当代社会中无所不在的流动性让原有的族群／族裔文化变得更加开放，诗人们从过去相对封闭的地区走入了更广阔的当代世界之中，无论是学习还是工作带来的跨文化交流也越来越明显，无论是汉族诗人还是少数民族诗人，都同时被多种文化所影响，任何人或者群体都不得不承认，流动性已经是我们这个时代的写作者无法忽视的主题。

童七，女，彝族，1993 年生，云南玉溪人，扬州大学博士。诗歌、散文、评论等见于《诗刊》《扬子江诗刊》《长江文艺》《诗歌月刊》《诗潮》《边疆文学》《滇池》等刊物，曾获野草文学奖等奖项，参加 2018《中国诗歌》"新发现"诗歌营。

共同体写作：建构当代多民族诗歌写作的有效性

覃才

　　写作是非常个人化的事情，这是每个写作者都会承认的事情。但当我们环顾周围，如家庭、家族、乡村、城市、国家甚至地球，就会发现作为存在论事实的个人，不仅仅是一个人"存在"那么简单，还须与他人"共在"。其中原因是，我们个人的出生、成长、生活和死亡，都与群体有着不能割裂的关联。如果借用莫里斯·哈布瓦赫的观点来看，家族、家族、乡村、城市、国家甚至地球其实皆可视为一个社会性框架，正是这个可大可小的社会性框架构成就了个人的成长，形塑了个人的认知、思维、意识和精神，并保证了人类能够延续下去。[1] 个人在社会中存在说明，尽管我们都同意写作是个人之事，但很多时候我们却发现它又不仅仅是个人的，写的事实和写的意义实际上横亘于个人与社会之间。在现实中，写作的这种特征，映射的是什么样的写作才是有效的，或者说是什么样的写作才是对他人、社会甚至是人类有普遍性意义的问题。

　　从世界文学的角度，特别是从诺贝尔文学奖的角度看，具有普遍性意义的写作的标准其实非常简单。在《文学世界共和国》

一书中，帕斯卡尔·卡萨诺瓦表示，这一标准是"独立于政治界线之外的文学领土和界线，有一个秘密的，但却被所有人接受的，尤其是被最失意者领会的世界。在这些领地中，唯一的价值和资源就是文学；这是一个被心照不宣的力量支配的空间，但是它将决定世界上到处被写出来并到处流传的文本形式；一个有中心的世界，它将会构建它的首都、外省、边疆，在其中，语言将成为权力工具。在这些地方，每个人都为成为作家而斗争；人们将在那里建立一些专门的法规以便至少在最独立的地区将文学从政治专制和民族专制中解放出来。"[2] 卡萨诺瓦的观点说明文学的世界共和国（诺贝尔文学奖建构的文学共和国），是有相应民族、地域和国家基础的，这一般由写作者所属的民族、地域和国家直接决定，但具有人类普遍性、世界性的文学，显然是超越民族、地域和国家的，并且是突显人类语言性和文学性的作品。这即一个世界性作家建构自身写作的普遍性意义和立足于世界文学殿堂的资本。在现实中，尽管还有相应的争议，但不能否认，获得诺贝尔文学奖是一个写作者的写作是有效和有意义的最好证明。

以上说明，写作的有效性和意义是有标准的。这个标准可以是个人的（为个人而写作），也可以是民族、地域和国家的，更可以是人类和世界的。以此观之，在媒介时代，每个人都可以是一个写作者（全民写作），但如何建构个人写作的有效性和普遍性意义就是需要仔细思忖的事情了。对照卡萨诺瓦所说的世界文学标准来看，在中国，特别是对具有少数民族身份的写作者而言，他们倘若想建构超越个人维度的写作，就需要采取相应策略。如我们所见，在中国，少数民族诗人一般会将个人性的写作与具有普遍性的人类情感、伦理和价值观相勾连，目的是在一种尽可能大的读者（受众）范围中获得认同和传播（通俗地说是获取名气）。这一方法在很大程度上可概观为以共同体写作的形式建构自身写作的有效性和普遍性意义。如果想获得更高的意义（如奖项），他们还需要将个人性的写作上升到国家和中华民族的层面，也就是国家和中华民族的共同体写作。就性质而言，这种写作可以称为"官方写作"或"国家写作"。然而，需要指出的是，由于年龄不同（代际问题），具有少数民族身份的写作者建构自身的共同体写作方式是有相应特殊性的。如我们所见，这种特殊性不仅是建构他们个人诗歌写作有效性的策略，还是他们的写作拥有更多可能性的保证。

例如，作为中国诗坛的中坚力量，也是国际知名度非常高的少数民族诗人，吉狄马加（1961—）的诗歌写作就有其非常特殊的个人性共同体写作方式。这种方式将个人写作与民族、国家和人类进行高度结合，从而让自己个人性的诗歌写作具有明显的国家性、政治性，也就是共同体。如在全人类非常特殊的疫情时期，吉狄马加创作的抒情长诗《死神与我们的速度谁更快——献给抗击 2020 年新型冠状病毒疫情的所有人》就展现了这一特征。"当自己成为大家，当众人关注最弱小的生命，/ 一个人的声音的背后是一个民族的声音，/ 而从一个声音的内部 / 却又能听见无数人的不同的声音。/ 是的，我已经真切地看见了，我们与死神的赛跑 / 已经到了最后的冲刺，相差的距离越来越近，/ 这是最艰难的时候，唯有坚持才能成为最后的英雄。/ 相信吧！我们会胜利！中国会胜利！人类会胜利！"[3] 不得不承认，作为一个少数民族诗人，吉狄马加实在是厉害，尽管他很多时候是在进行宏大的抒情，但他总是能够将个人的诗歌写作与民族、国家和人类联系起来，从而建构起自身写作的共同体意义。在中国，这无疑是在发挥少数民族诗歌的最大作用。

在这一首中，我们看到了作为一个少数民族诗人的吉狄马加，如何从自己亲历和见闻到的关于疫情之事出发，勾勒疫情如何将一个医院、一个城市、一个民族、一个国家甚至是全世界联系在一起，组成一个共同体。在吉狄马加的诗歌当中，我们显然看出了个人的诗歌写作如何上升为民族、国家和人类的共同体写作路径，尤其是一种具有明显的政治导向的共同体写作路径，其意义可称为当代少数民族诗歌共同体写作的典范。可能是不准确的估计，在其之后，将难有少数民族诗人能够达到吉狄马加的共同体写作水准和层次。不信的话，可以再去看看吉狄马加的其他诗歌作品，就会发现其所深谙的共同体写作之道。

相对于男性，女性在情感感知、把控和抒发方面有天生的优势和特殊性，这种优势和特殊性决定了女性少数民族诗人在捕捉自身与他人、自身与世界的普遍性，建构其在共同体写作方面的差异性特征。一方面，这种特殊性表现为女性少数民族诗人特有的情绪性、细腻性文风（诗风），另一方面是共同体表达的含蓄性。作为中学老师的畲族女性诗人冷盈袖（雷军美，1976—）的诗歌就展现出这样的特征。

在《黄昏的后山》一诗中，冷盈袖写道："后山是从前的，今天的，未来的 / 人也是。当我们坐下，我们就是新的山 // 与东一座，西一座散落的坟茔 / 并没有太大的区别，在一阵晚风看来 // 晚风一遍一遍吹拂 / 直到所有的事物，都失去了界限——/ 再没有比这更完美的消失了 // 我愿意就这样坐着，在黄昏的后山。"[4] 这一首诗中，"当""并""一遍一遍""我愿意"等词语建构了其作为女性少数民族诗人诗歌写作的情绪性、细腻性特征。在从前、今天和未来皆是一样的"后山"展现了一个地域中的事物是恒定的，特别是在少数民族地域，这种恒定实际上表明从父辈、祖辈甚至更久以来都是如此的传统性、不变性。吹拂的"晚风"抹除人、坟茔及所有事物的差异性，让万物成了一个共同体，展现了女性少数民族诗人对共同体感悟、认知和表达的含蓄性。很显然，在冷盈袖的诗中，我们见识到了女性少数民族诗人共同体写作的特征是，尽管不直接说共同体，但诗中表达的诸多内容，指向的皆是具有恒定性和"共在"特征的共同体。

随着计算机和人工智能的发展，人类和世界发生了很多改变。体现在个人身上，这种改变让我们对自身、时代、技术、世界和未来有了更加多元化的感悟与理解。尽管人类还是生活在家庭、家族、民族、地域、国家之中的人类，但我们对于形塑我们的社会性框架，明显有了不同层面的认知。在这样的背景之下，中国年轻一代少数民族诗人（1980年之后出生），他们建构个人写作与民族、国家和人类的共同体意义关联，也有了新的处理方式。

1986年出生的佤族诗人张伟锋的诗歌即表现出这样的特质。例如，在《孤寂词》一诗中，张伟锋写道："独来独去，无影无踪／在山中打坐，在宁静处遇见佛光／我与万物栖身在大地／我与万物一样低微，也与万物一样高贵／我们一起活在孤寂的人世间。"[5] 在此，我们看到，作为具有少数民族身份的诗人，张伟锋的诗歌写作虽然明显受着民族、地域和国家的影响，他的很多诗作直接体现了这样的影响，但在共同体的感知与书写方面却展现出新的特质。这种特质表现为其不同于老一代诗人那般民族性、国家性、政治性非常直接的共同体书写，相反是将个人、民族、国家甚至人类在一个更宽泛的生命维度来考量和进行意义建构，特点是更加突显身性与共同体的关联。根据智能时代的特征，这种泛生命、泛人类，实际上是一种囊括了有机生命和无机生命的后人类价值观。从意义角度看，这种泛生命、泛人类的共同体写作是未来性的，具有的可能性也更多。

概而言之，在社会框架之下，人不仅仅是一种"存在"，还与他人"共在"，即人与家庭、家族、民族、地域和国家的关联。从共同体的角度看，"共在"即人与他人组成了一个共同体。人所做之事的意义，需要在各种"共在"中建构，即需要在各种共同体中建构和被承认。诗歌作为人所创造的艺术，其意义也需要在"共在"中获得。这就是我们所看到的，个人的诗歌写作总要思考民族、地域、国家和人类的问题。可以说正是在这种有大有小的"共在"思考中，个人的诗歌写作才有意义。在现实中，人与他人组成的共同体有大有小、类型各异，民族、地域和国家共同体只是其中的典型。反映在写作中，这一特征决定了共同体写作是非常丰富和有相应差异的。不同的共同体写作有不同的意义，这其实抛出了什么样的共同体写作是有意义和无意义、有个人意义还是有普遍性意义的问题。具体而言，在写作即建构普遍性意义的前提之下，具有少数民族身份的写作者需要思考如何建构自身写作的意义、建构什么样的写作意义问题。

在中国大地上，尽管在写作方式、介入视角等方面存在着相应的差异，但将个人思考与民族、地域和国家相挂钩的共同体写作，无疑是少数民族诗人建构自身写作意义的重要方式。在中国，少数民族诗人的这种写作方式可以是为个人或少数人的，但如果想获得相应的奖项，则需要进行民族、国家甚至人类维度的共同

体写作（前面所说的"官方写作"或"国家写作"）。客观而言，
这种面向民族和国家的共同体写作是有现实性意义和价值的，但
也需要思考如何继续提升写作意义的问题，特别是卡萨诺瓦所说
的在世界文学共和国之中的普遍性意义问题。唯有如此，才能真
正建构当代多民族诗人共同体写作的有效性，才能让世界看到中
国少数民族诗歌的文学性意义和人类性价值。

草才，1989 年生，壮族，文学博士，诗人。研究方向：中国少数
民族诗歌、电影理论与批评。诗文见于《诗刊》《民族文学》《天津
文学》《扬子江诗刊》《星星诗刊》等文学期刊和《中央民族大学学
报》《广西民族研究》《南方文坛》《台北大学中文学报》 Advances
in Language and Literary Studies 等。出版诗集《共同的希望与悲伤》，
学术著作《多民族文化视野下的新世纪广西诗歌》《多民族文化视野
下的广西少数民族文艺审美研究》（2020）、《光影织梦：当代电影
的多维透视与审美之旅》等多部。

［参考文献］

————————————

[1] ［法］莫里斯·哈布瓦赫：《论集体记忆》，毕然、郭金华译，
上海：上海人民出版社，2002 年，第 69 页。

[2] ［法］帕斯卡尔·卡萨诺瓦：《文学世界共和国》，罗国祥、
陈新丽、赵妮译，北京：北京大学出版社，2015 年，第 26 页。

[3] 吉狄马加：《迟到的挽歌》，南京：译林出版社，2020 年，第 65 页。

[4] 冷盈袖：《我听到了寂静》，《诗刊》2024 年第 3 期，第 16 页。

[5] 张伟锋：《空山寂》，北京：作家出版社，2023 年，第 140 页。

新时代少数民族诗歌及语言共同体

——以《中国少数民族诗选》为例

赵卫峰

1

概观新世纪以来中国多民族诗歌状态，时间与空间仍是坐标式前提，文本荟萃仍是可行方式。这也意味着某种扬弃。从传统纸媒到已然常态化的网络，多路径交叠的采撷，更能凸显多民族诗人的鲜活与进度，映现"满天星斗"或"石榴籽"般的相融互嵌。《中国少数民族诗选》立足于整体性视野和横向取样，具有现实意义。

与"信息化""数字化""数智化"等传播环境的更新同步，少数民族文学与传播关系越发紧密，其所蕴含的特色亦像文学信息快道上的交通标志，成为另一种存在与参照。通常，诗歌文体更具及时性与传播普及效能，与民族精神文化关联密切，也与科技、工具或物质条件合力的现实环境里的动态发生相辅相成。由《中国少数民族诗选》亦可见，各族诗人创作、交流、传播的内涵与形式明显嬗变，民族文学之诗歌花园鲜活苗壮，竞相绽放。

关于"民族文学"的印象及诠释，有约定俗成的长期性理由，这种复杂的因果深刻影响作者、读者与研究者。始终处于发展中的诗歌、少数民族诗歌该是什么和怎么写，也始终是可研话题。诗歌的变与不变，关乎个人与族群、自然地理、经济文化等多种变量，在新的时代里，各民族诗歌创作各种各样，文本充满创造性努力，这也保证了《中国少数民族诗选》的整体质感与各类全国性优秀诗歌选本持平。

眺望明天并非说今昔可以省略。农牧业文明、工商业文明和信息文明之间，或说"景观社会""大众文化""媒介信息和智能技术"之间，并不存在截然分界或断裂。发展也是指在融汇层累基础上的扬弃翻新，合格的诗通常如此，它是容器是熔器，个人性与普遍性兼有，美美与共。在当下，多民族的多声部吟唱既含特殊地缘文化的现代审美，又有民族文化创意性还原，对时代气息的感受更多包容和趣味。

另一个与时俱进的变化则是诗人自我意识明显强化。各民族诗人不仅是传统文化群体的代言者，更首先是自我存在的思考和表达者。对历史文化传统的关心与自我关怀同等重要。有个人性，便会有多样性，诗人关于新时期思想观念的辩证默化，对现实环境及种种情感、生与身的体验过程，其实也是关于群体精神文化的具体观照。

2

如今，"民族文学"概念正从"被塑造"过渡到自我塑造时段。这也是当代中国诗歌文化内在趋势之一。宏大叙事与个体性表达可以多样多轨，雅俗共赏的日常等也是应该直面的题材抑或命题。写作无论抵达何处，"我"必先是中心和原点，也是写作在共享环境及同质化时空中基本的立足点。

自我塑造并不等同于小我或保守狭隘及画地为牢，个体心性、民族意识与家国情怀如同点线面，更能让时代精神呈现整体的丰富多彩。如今，地理及文化区隔情况已非往昔，随着传播环境、现实处境与文化语境的变化，各民族诗歌前沿部分多向度崛起，曾经标签式的主题与题材以及固化的既有意象，已有节制、改善或翻新。类似变化同时表明，与时俱进的各民族歌者并不对立于物质环境现状，他们更在意寻找个体与公共性时空的接榫，并给予创新性的诗意关联。

自我塑造也是民族意识的再辨识再发现，以便在"融"与"溶"之后审视古今，以瞻未来。客观而言，世界真似地球村，依然会有村口村中或东西南北之分，文学的目标不是差异，差异性存在却又是一种过程及必须。互鉴、反哺及参照，这显然是类似《中国少数民族诗选》的文学选本的内在诉求。

"民族"和"民族文学"研究近百年来收获显著，"民族诗歌"作为话题仍有较大空间。各民族早期诗歌文化相对属于稳定性传统路径，拥有共识性的评认体系，创作与批评时常也默契于意识形态需要与特定意义表现。当一茬茬诗人逐步置身时代现场，汇入通用的复杂的传播环境，难免会与"原地"和"民族性"有距离而失却辨识度。这种困窘将长期存在，亦是与机遇同在的挑战。而推陈出新始终是文学创作的生命力也是动力。新，指观念，也包括形式与语言的适当翻新。如从马占祥、鲁娟、张伟锋、冯娜、韦廷信、莫独等的书写可见，井水河水海水各有千秋，各有风姿的主体性视角与心情可以刷新现实与记忆，赋予自然及乡土独到的诗意。

　　自古，诗歌对于国家、地区和民族是悠远的精神指路经，是既神又凡的文化旗幡，其创作和传播接受有着时间差与路径差异，大方向则是共识性的，它终会趋于文化的文艺的文学的"共同体"，溶解与融贯之后，又反复开枝散叶，再度启步进步。由此亦可说，越人歌、格萨尔或楚辞其实从未停顿，从不只是孤岛独峰般只属于当时当地。从《中国少数民族诗选》亦可见，各民族诗人的自我创造、身份认知和自我意识等多方面都从容且丰富，其创造性转化力体现于优秀传统文化及文学资源的吸收与消化，体现于文化传统继承基础上的革新。

3

　　从音乐类的歌、说唱类的谣，到歌诗联合，到现代意义和文学性层面的汉语新诗写作，这是一条生生不息的文明链条，是具有非物质属性及活态存在特征的精神传奇，也是各民族诗歌成熟渐显的过程。就《中国少数民族诗选》看，在汉语言作为通用"工具"的前提下，如果忽略作者的民族身份，从妥清德、大解、娜夜、艾栗木诺、张远伦、邦吉梅朵、黄芳、原散羊、冷盈袖、扎西才让等及张媛媛、周幼安、加主布哈、刘阳鹤、刘诚等更多前倾的年轻诗人作品看，富于现代特征的新经验、新表达层出不穷，各民族优秀诗人正稳步跻身当代汉语诗歌的高处。

　　使用汉语写作的少数民族诗人当然也是少数民族诗人，其写作肯定也属于"民族文学"。全球化、全国化、数字化、城市化或城乡一体化等各种"化"的现实交错，是所有作家、诗人共同面临的背景与环境，近年来，各类语言甚至包括外语在内的多类型写作实践渐多，某些沿袭性准绳作为"民族文学"的评断习惯也有所变化。

　　汉语作为"通用语言"、作为主要社交工具,其存在的科学与合理经过漫长岁月检验,它既是中华民族文化传播与认同的主要载体,也是各民族传统文化的复合体,很大程度上它改变时空制约,改善着作为简单语言环境的各民族文化区、各地理方言区的种种。作为精神文化实践者的各族诗人当然也是敏锐的知识者和敏感的前行者,他们的涌现及存在意义在于,自觉转型,同流于主流且合流,二者在多元交融中互哺,同时各民族文学及诗歌文化生态亦得到互鉴更新,增强民族自信。中华民族的自信当然也包括各民族的自信。

　　诗歌传统是中国传统文化的核心线索,汉语言文字保障其传承与创新的连贯性。"汉语言""普通话"本身也是多方集合多元聚合,正如《诗经》的内容及题材关涉东亚古代各个区域,《离骚》至今体现和传递着中国诗歌的人文精神,乐府唐诗宋词元曲的兼容并包,促成诗歌文化不同时段的生机与辉煌,及至西学东渐新诗勃发,中国诗歌进程始终是兼收并蓄、流变融通中的开拓,各民族汉语诗歌正如此理。换言之,各民族诗歌传统相对地维系着自我民族的民族性及历史文化,各民族的汉语诗歌则共同维系着中国诗歌文化传统特性及整体性,这一"语言共同体"则合力共建新的历史时期里的中华文脉。

　　在我们这个有着悠久诗歌文化传统的国度,诗歌让"时、地、人"形成某种精神共同体,让不同时代和地区的诗人相认,其"认同"共建也促进了汉语言的完善及悠久——"地球村"中汉语言文字圈、文化圈的丰厚深远。各民族诗人对汉语言的创造性运用,拓展了文化视野及现代化实践,亦对局部偏狭、单调、固化的"民族文学"有创新性充实。

4

每一民族文化时空都是合理和有特色的。如"武陵"区域，古之巴楚，中国之腹，多民族栖居的湘鄂渝黔毗连的时空——以《中国少数民族诗选》为切片，可见与这托盘相关的诗人在"汉语言"通用渠道里，诗与思、事与情的理解和表达多彩纷呈，如魏巍重在环境意识与现实驳问，仲彦、姚瑶等充满乡土关怀与文化传统的虔诚记录，张远伦、杨犁民以生活或实况为轴，不断散发种种贴切人事的思绪，予衣、廖江泉、唐旭等则观摩山水，移情入境，在远近时空里探究人生和省察内心。

环武陵区域的年轻诗人时代感明显，落点更多地由己及外，如野老、阿马劳次、杨声广、吕崎铭、李茂奎、袁韬、康俊等关于本土的心情更多层次，有孤单体验、有时空位移后的反思和忧虑，乡愁笔触不时移向现时境遇与发生。更年轻的周祥洋、胡既明、楚槐序等则潜心于身体的河流、蝴蝶之梦的臆想与在地性内省。淳本、文西、罗璐瑶等女性诗人将生命体验与时代和文化环境贯通，在微叙事、私叙事中传达别有意味的情感经验。康俊的静思从容自足且雅致，假以时日，"即兴"梳理好原乡记忆、目前境遇及自我心境之后她将有更可观的精神"启示"。"00 后"苗族诗人关琴女性意识表达自在、蛮横，主观琢磨及强势自语透露出自足的抒情个性，她似能做到身心合一并以此作为体认世界的自主性媒介，青春、爱、身体等时间里的鲜艳音符被其诉诸诗意的直觉与恣意的节奏，别有风味。

以上仅是略以武陵少数民族诗歌区块为例。这片曾与屈原、孟浩然、陶渊明、闻一多、沈从文、昌耀相关的山水和上引诗人们相关，或说"曾经相关"。诗歌的无拘本性使之更像孤帆远影般的"经过"，能动的诗人应该常有外心远心，永远是游子。

　　和汉语诗歌相似，现当代少数民族诗歌经过多个历史阶段，每个时段其实也相当于审美转型体现。转型并不意味着截断。从上亦能看到武陵文化区里的历史、现实、民族、个体及语言等犹如物产、特产、遗产，而地理是恒久远的背景式"母语"。几乎所有的全国少数民族文学创作骏马奖获奖诗人都紧密关涉自然地理，可见这创作的初始摇篮之重要，也可见它亦如另一种"尺度"：山水千古在，关键在于诗人怎么看。

5

　　时代与社会的进步，促使有良好教育背景和与网络伴生的年轻写作者在文学界占比甚众，他们已不局限于写作的种种既定和同质性规约，或说写作不时体现为语言才能的自我证明与爱好。张光昕的《戏水顽童》对大诗人的人生勾勒体现作者浑厚的语言功力和形式建设的得心应手，他摒弃了常规款式，其复合抒情方式亦如昌耀的独特，那种包括古典意趣的书面汉语、方言、戏剧、少数民族俚谣的杂糅体。

　　杂糅是一种技能，也是力量，是诗歌在"数智时代"的"跨界"动力与多元文化碰撞的阶段因果，不仅是语言方面，人情、心情、亲情、友情、爱情，种种情绪与情感都在新一代写作者这里涌现，混合又凝冻，让文本避免平面平常与单调，如马泽平、童七冷静又温情的写作，如"00后"毕如意、张宜之、李亚兰、张瑞洪、宋村等的无主题变奏与泛题材表达，显出兼容的想象与语言能力。

当代各民族青年诗人本身就是复合抒情体，他们对各种文化资源的借鉴更为方便和充分，其写作的主体性、日常化与语言个性也更为明显。可以预想在揣摩及完成城乡经验、情感经验、阅读经验的理解与实践之后，"00后"诗人将会达到更多可能的诗意认知与艺术超越。

汉语写作让各民族诗人链接形成更新的"语言共同体"，汉语在此当然不仅是单纯的生存生活修辞和思想交流工具，它作为媒介的同时附加很多，涉及民族与个人的思维习惯、想象的边界、传统的赓续、文化理解等。当诗人们写作，如满天星斗，彼此又被语言的光线连接，建构出百花般的语言景观，共同语言（普通话）的使用实则也是中华民族共同体意识的具体实践。

《中国少数民族诗选》所选诗作对于作者也是管窥式的。从中仍能看出多代少数民族诗歌艺术表现的多样性、民族文学与汉语言的活态关系，由此还可有话题延伸，如互鉴时空里的民族文学共性与个性、民族性体现等。于此，选本的参照意义，也是补缺，也是提醒，传播并不能完全决定诗人与诗歌的生命力，无论如何，坚持并更新民族性、地方性精神的同时，每一个语言个体的自我完善始终是关键，也是"语言共同体"构建及完善的要求。在不断与传统对话、与历史对应、与现实环境对接的长途上，相信诗人们会在持续的辨识、理解和创新践行中更上层楼。